TIEMPOS DE CULPA

Colección Lumía

Tiempos de culpa
Colección Lumía
Serie Narrativa
D.R. © Textofilia S.C., 2012.
D.R. © Erma Cárdenas, 2012.
D.R. © Portada "Por siempre después", de Juan Carlos Cuevas.
D.R. © Diseño interiores y portada Textofilia S.C.

Textofilia Ediciones

Pestalozzi 344
Col. Narvarte, Del. Benito Juárez,
C.P. 03020, México, D.F.
Tel. 55 75 89 64

editorial@textofilia.com
www.textofilia.com

Segunda edición.

ISBN: 978-607-7818-36-6

[TIEMPOS DE CULPA]

*para Katia: porque eres,
en mi camino, luz.*

Hendrik Buchheim exhala. El humo del cigarrillo se expande por la habitación. Lo aspira con deleite, a pesar de las advertencias sobre el cáncer pulmonar. *Me importa un rábano.* Es más, en un reto silencioso, vuelve a leer: *este producto puede causar...* De pronto, arroja la cajetilla al suelo. Una excitación nerviosa le impide guiar sus pensamientos hacia la solución del problema matemático. *He invertido tardes enteras en esto, me trituré las sienes y todavía no obtengo ningún resultado.* Sin embargo, intuye que se acerca a su objetivo. Analiza los números que, como un mural en miniatura, llenan varias páginas. Algunas hojas están sobre el escritorio; otras, en el basurero o en el suelo. Las recoge mientras reflexiona. La respuesta lo evade.

Aspira una bocanada. Se esmera todavía más. *Las matemáticas son mi fuerte. Sólo necesito concentrarme.* Su mente efectúa operaciones, sopesa probabilidades. Al fin toma la libreta. Garabatea de prisa. Quisiera escribir con mayor rapidez para que no se le escape ni un detalle.

Antes de que concluya, suena el timbre. *¡Dios! ¿Nunca dejarán de joder?* Los cálculos, semejantes a un castillo de naipes, se derrumban; las cifras saltan en confusión total. Hendrick se pasa la diestra por los cabellos. Lo desespera la imposibilidad de abstraerse del mundo. *Primero fue un vendedor, luego el mensajero con una dirección equivocada, una demostradora de cosméticos, el vecino, la casera.* Hace un gesto de fastidio. *Prometí pagarle este lunes, cuando reciba mi mensualidad.* El sonido del timbre repiquetea en su cerebro. Debe decidir entre posponer durante cuatro o cinco segundos una escena desagradable o enfrentarse de inmediato al intruso. Suspira. *Al mal paso darle prisa.* Sus pisadas producen un sonido metálico. *¡Paciencia, coño, paciencia!* Abre la puerta. Está ahí. Esperando. Apenas le da tiempo de observarla, *demasiado flaca, sin esa sensualidad que caracteriza a las negras,* cuando le entrega un papel. "Limpio casa por comida y cuarto". Bajo el vestido, de colores desteñidos por el uso, ve los jeans; luego, los pies. *Camina descalza...* con pasos afelpados de felino. En cualquier sitio público su pobreza llamaría la atención. *Los emigrantes clandestinos pocas veces salen a la calle... aunque no hay reglas.* A veces, por necesidad, se exponen.

Sus ojos azules enfocan la llovizna que cae sobre el pavimento, bañando casas, árboles. *La acera cambia de color. El gris claro adquiere un matiz profundo.* Fija la vista. Ante él, la muchacha tirita. Empapada, no hace el menor intento por cubrirse. Ni siquiera se resguarda bajo el dintel de la puerta. Los segundos pasan.

La mujer continúa aguardando. Esperará una eternidad si las circunstancias lo requieren. Inmóvil. Sin prisa. *Olvidaré la solución al problema.* Debe apresurarse, terminar esta estupidez que le roba un tiempo precioso. *Le cerraré la puerta en las narices.* Con ese movimiento, tan simple, *levanto una barrera,* infranqueable, separando su espacio, protegiéndolo del exterior.

Sus miradas se cruzan por un instante. *La córnea es amarilla,* decide Hendrick mientras contempla la lluvia, tan fina, tan tenaz. Siente la humedad penetrándolo hasta los huesos. En un minuto o dos se estremecerá de frío. Entonces hace algo inusitado. Retrocede unos centímetros, los suficientes para ceder el paso. Lo hace por voluntad propia. Nadie lo obliga. Al momento recapacita. *Cometo un error.* La extraña aprovecha aquel descuido para entrar. *Admití a una mujer sin identidad en mi casa.* Aun no ocurre algo irremediable. *Puedo sacarla.* Y nadie le pediría explicaciones.

Al fondo del diminuto vestíbulo está la escalera. La intrusa baja los peldaños que conducen al sótano, sin titubeos, como si conociera el apartamento. De pronto, el viento mueve las cortinas y Hendrick cierra la puerta. Escucha el clic del cerrojo: un sonido definitivo, igual a una guillotina.

Inspecciona el vestíbulo: ha variado de aspecto y olor. La brisa introdujo tres aromas: gasolina, asfalto, quizá, hierba mojada; la madera muestra huellas recién impresas. Ese detalle desagrada a Hendrick. Experimenta una ligera repulsión unida al sentimiento de pérdida. *Invade mi casa.* Una punzada en el pecho le advierte: algo se alterará, sin remedio. Algo sutil, casi intangible, ajeno a su control. ¿Por qué cedió? *Jamás he necesitado criada.* Recuerda a su madre, lavando, planchando, cocinando, zurciendo; la niñez en un pueblo rodeado de campo y soledades; la disciplina férrea. *Los platos estaban a la derecha de la alacena. Cuatro, por si teníamos visitas... Cucharas, tenedores, cuchillos, en sus respectivos compartimentos; la ropa sucia dentro de una canasta.* Rezaban para agradecer sus alimentos. El cheque quincenal cubría los gastos, aunque sacrificaban varias comodidades en pro de un ahorro insignificante pero asiduo. *Mamá no iba al salón de belleza. Me cortaba el cabello... tan mal que me avergonzaba.* Durante el recreo, sus compañeros se burlaban del fleco, pareces marica, de las mechas disparejas, miren, miren, lo mordió un burro.

Vuelve al presente. Siempre lo maravilla la cantidad de ideas que brotan en segundos. El tiempo se detiene en tanto él piensa. Entonces, presta atención a un movimiento. Una mano cierra la puerta del sótano, despacio. La intrusa ha marcado su espacio. Ahora le pertenece ese pedazo del apartamento.

Mira el papel que todavía sostiene. Lo voltea. Lee: Veba. *¿Así se llama?* Dos sílabas evocan la percusión de un tambor. ¿Cómo llegó a Europa? *Seguramente en bote o balsa... ¿nadando el último tramo?* Los negros resisten torturas espantosas: el sol y el mar. Si llegan, *exhaustos, muertos de hambre, enfermos,* sus familiares los acogen. Tras la bienvenida, los introducen en la clandestinidad. Ya les tienen reservado un empleo: quince o dieciocho horas de trabajo por una paga ínfima. No obstante, esta limosna es diez veces mayor que el salario del lugar de origen.

Se pasa la mano por el cabello. Su huésped no trae equipaje. Su único lujo: una pañoleta para cubrirse la cabeza. *¿Cuáles son sus intenciones? ¿Robar? No sería la primera vez.* Los periódicos están llenos de noticias sobre tales atracos. Si se decidiera, la lanzaría a la calle. Sin explicaciones. *Hinauswerfen!* Y borraría ese incidente, tan desagradable; ni siquiera lo recordaría por la mañana, al llegar a la universidad... ¡Coño! ¡*El problema!* Durante veinte minutos ha olvidado lo único importante: la solución del acertijo matemático. *La negra puede irse al demonio.* Toma su libreta. *Tengo la respuesta.* Verifica cifras. Después, escribe de corrido. La fórmula abarca líneas nítidas, precisas; la mano corre sobre el papel, como si dibujara. Su maestro estará satisfecho. *Invertí una semana en este puto problema. Mañana... seré el único con el resultado correcto.* Lo escribirá en la pizarra ante la envidia, ¿y admiración?, de sus condiscípulos. Luego, Herr Professor Helsig le dará una palmadita en el hombro: *Gut gemacht.*

Pasan veinticuatro horas. ¿Hoy? Igual que ayer. Hendrick, con el brazo bajo la cabeza y la vista fija en el techo, fuma. Le agrada echarse sobre el lecho, en la posición acostumbrada. La repetición de movimientos y actos, en vez de provocarle aburrimiento, lo tranquiliza.

¿Qué hizo la negra? ¿Salió del cuarto, comió? Para su fastidio, *sigue aquí.* El humo se extiende, lento, envenenando el oxígeno. Algunas volutas ascienden. El olor a tabaco impregna muebles y ropa. Aquel aroma le ayuda a sentirse víctima de la situación, de su propia languidez. Exhala la última bocanada.

Titubea. *¿Enciendo otro?* Juega con la cajetilla. Lee: *este producto puede causar... Cáncer,* se dice, sin mucho convencimiento. Apaga el cigarrillo y esconde el cenicero bajo la cama. Deduce: *los ilegales carecen de identidad. No son nadie. Nada. Los europeos los explotan...* aunque sigan considerándolos un lastre.

En el sótano, Veba se desnuda. Únicamente le toma unos segundos quitarse los jeans, el vestido, la pañoleta. Se mete al camastro. Alisa el edredón sobre su cuerpo. Sus senos forman dos leves montículos entre las flores de la tela. Recostada, observa el techo: una superficie parda, alguna vez blanca. Por fortuna, el sótano tiene una ventanita contigua a la calle. Una luz mortecina, de luto perpetuo, entra por ahí, aclarando apenas el entorno.

Hendrick está consciente de que él y su huésped ocupan idéntico espacio en sus respectivas habitaciones. El camastro de la negra queda justamente bajo su lecho. *Sólo nos separan unas duelas de madera. Los dueños no quisieron invertir en un piso como Dios manda: concreto, losa, aislantes. Por tal razón este mugroso apartamento es tan frío.* Si afinaran el oído escucharían la respiración, la tos, algún suspiro del otro. *Cuando eso ocurra, ella levantará los ojos; yo, por el contrario, miraré hacia abajo.* Como si pusiera a prueba tal hipótesis, la extraña estornuda y él fija de inmediato sus pupilas en el suelo. Ambos se sienten incómodos ante esa constatación de su existencia. Veba quisiera esfumarse; Hendrick, que desapareciera.

La imagina apartando las cortinillas para espiar hacia la calle. *La pobre no tiene muchas distracciones.* Estudia la ventana, más grande que la del sótano, pero en el mismo sitio: justo sobre la cama. *La lluvia ensucia los vidrios.* Contempla el cielo. Al deslizarse, las nubes ocultan una luna redonda. De pronto surge un recuerdo: el cuarto húmedo y sombrío, aunque barato, que alquiló cuando cursaba la Licenciatura. *Tenía un respi-*

radero... su escape, el único contacto con el exterior. *Si colocaba el colchón en cierto ángulo, distinguía los zapatos de los paseantes. Me divertía elucubrar a quién pertenecían unos tacones altos, el pantalón con la valenciana rota. Imposible descubrir mayor cosa, pues mi vista no llegaba más arriba de las rodillas.* Sin darse cuenta, enciende un cigarro. Cierra los ojos, saboreándolo. En ese momento, la evocación se actualiza y, como el ayer se transforma en hoy, cavila en tiempo presente: *las hojas secas se amontonan contra los vidrios. Algunas quedan presas por las primeras nieves, convirtiéndose en manchas ocres contra un fondo blanco. Los días se acortan y la luz de mi madriguera disminuye. Mantengo encendido el calentador; por lo tanto, la cuenta de la electricidad aumenta. No hay nada que hacer, excepto reducir las salidas al cine.* Entonces se percata de que está fumando. ¡Coño! ¿*Voy o no voy a dejarlo?* Aspira largamente. Luego, apaga el cigarrillo. Tal acto lo devuelve a la realidad actual. *La primavera llegará en medio de grandes aguaceros. Esta negra, Veba... bueno, así se llama... Veba podrá seguir la evolución del deshielo a través de la ventana. A medida que la nieve desaparezca, verá los zapatos cubiertos con protectores de caucho y las puntas de los paraguas. Un mes después, las pantorrillas desnudas de las mujeres, las carreras y los gritos de los niños. Quizá no le interese. Las ventanas no siempre son escapes.* Y él no debe hacer equivalencias entre sus reacciones y las de ella. Nada los une. En África... ¿dónde coños hay nieve o sótanos? Son dos extraños... *provenimos de distintos universos. Dicen que los negros apestan. En realidad, ¿a qué huelen?*

Lo averigua al día siguiente. De la escalera sube un olor extraño. *Se intensifica porque todavía no abrimos las ventanas. Abrimos. ¿Empiezo a aceptar este plural?* Encuentra a Veba lavando los trastes sucios. Él siempre limpia la cocina antes de acostarse, pero ayer se durmió pensando tonterías. Analiza a la negra. *¿Cuánto hace que no se baña? ¿Cuándo lavó su ropa?* De pronto, capta detalles que lo sulfuran: esa actitud servil, *intenta volverse* *indispensable*, esa presencia, *ocupa mi espacio. Aquí es el único sitio en que no debe estar y ella lo sabe. Se da cuenta de lo obvio: la considero una intrusa, una maldita comezón en el culo. Sin embargo, ¿eso la incomoda?* Desde luego que no.

Permanecen quietos, a la expectativa. El agua del grifo cae sobre una cacerola produciendo ritmos en cascada: tambores, timbales, maracas. *Ha oído mis pasos, quizá identifica mi olor.* Ninguno se mueve. Al fin, Hendrick se da por vencido. Cierra el grifo con violencia. *No desperdicies el agua, imbécil.* Se inclina. Abre la alacena bajo el fregadero. Saca la cubeta donde remoja sus camisas... *había dos, la azul y la blanca... ¿dónde están?* Furioso, va al baño. Cuelgan sobre la tina, en sus respectivos ganchos. Las examina centímetro a centímetro. Acerca la tela a la nariz: huelen a limpio. *¡Al menos hizo algo útil!* Él nunca se baña los martes; a pesar de ello, hoy lo hace. *Espero que me imite.*

El aseo le quita tiempo. *Llegaré tarde si no me apuro... que ella lave la tina y tienda la cama.* Abotonándose el saco, entra en la cocina. No hay nadie. Hendrick comprueba que la puerta del sótano está cerrada y, más tranquilo, prepara café. Agrega una cucharadita de azúcar y dos de leche en polvo. Sopea algunas galletas para tragárselas rápidamente. Mete varias en una bolsa; las acomoda dentro del portafolio. Entonces verifica sus apuntes. No puede guardarlos sin una última lectura. Sentiría cierta desazón y esa inquietud lo perseguiría durante horas.

A las seis regresa al apartamento. Coloca sus papeles sobre el escritorio. Va al baño. Orina mientras observa la tina. *¿Dónde puso las camisas? Seguro las colgó en el ropero.* De repente, ya no le disgusta tanto ese servilismo. *Me ahorra molestias, facilitándome la vida.* Al subirse la bragueta descubre la bacinica. *Olvidé que esta cosa existía.* Ni siquiera le pertenece. La encontró junto con otros objetos que el inquilino anterior había desechado. *La ne-*

gra... *Veba, se llama Veba, no quiso sentarse en el excusado.* Por un momento agradece tal cortesía. Después... *¿me dio una muestra de respeto o en su pueblo no hay drenaje? De cualquier modo, si sus nalgas no tocan lo que yo uso, la convivencia será más o menos tolerable.*

Al salir, casi tropieza con su huésped envuelta en una sábana. *¿Lavó su único pantalón?* Debería conmoverse ante la miseria ajena, pero resulta demasiado difícil pues le encantaría, *de verdad me encantaría,* abrir la puerta y no hallar a... *¿La nueva sirvienta?* Recuperar, por milagro, su espacio... aunque lavara sus propias camisas y fregara trastes. Semejantes contradicciones lo irritan. *Un rato intento aceptarla; al siguiente, la detesto.* Él no es así: con mucha frecuencia lo ensoberbece su estabilidad emocional. Jamás ha experimentado la tensión que produce depresiones nerviosas a algunos alumnos. Hoy titubea y tal cambio lo desquicia. ¿Por qué no la echa? Lo ignora. Se siente atado de manos. *¡De manos y pies!* Frenético, toma una decisión. *Hoy no hablaré con ella. Cualquier diálogo desembocaría en algo sumamente desagradable pues, para que yo recupere mi espacio, ella debe largarse, sacrificando su supervivencia en un país hostil.* ¡Cuánto le disgustan los pleitos, las quejas! Pertenece a ese tipo de hombres que prefiere comer una sopa demasiado salada a devolvérlsela al mesero. Por tal motivo se mantiene distante, evitando relaciones conflictivas. *Un momento. En todas las relaciones hay dificultades. Errar es humano. Cálmate. No me vengas con filosofías baratas.*

La recámara está en orden: libros y cuadernos alineados; el polvo ha desaparecido. Olfatea: hay una frescura en el ambiente que antes no existía. *Barrió las habitaciones.* Siguiendo un impulso, va a la cocina. Revisa los anaqueles. Como lo intuyó reina una limpieza impecable. Coge la canastilla llena de huevos. *Faltan dos.* Medita un segundo. *¿Se los comió crudos?* Este signo de barbarie le sirve de pretexto, *¿necesito pretextos?,* para rechazar a la intrusa. *Nunca me acostumbraré a su presencia.*

Destapa una lata. Sin vaciar el contenido en un plato, engulle la mitad. Prepara café. Agrega una cucharadita de azúcar y dos de leche en polvo. Cuando termine, repasará sus notas hasta la medianoche. *Los exámenes finales empiezan en una semana.* De pronto, contesta su pregunta: *sí, necesito pretextos... o argumentos para entender mi rechazo.* Porque él, hombre justo e inteligente, no se guía por prejuicios. Impaciente, afirma: *no se trata de que sea negra o blanca. Se trata de que yo no quiero encargarme de ella.*

Podría pasar esos exámenes con los ojos cerrados. Sin embargo, lo planea mejor: *obtendré las calificaciones más altas antes de solicitar un empleo.* Así superará su penuria. Esa vida que se reduce a tres cuartos: recámara, baño y cocina. Un sólo traje... *y otras delicias de la escasez.*

Se acomoda ante el escritorio. Página tras página, repasa ensayos, resúmenes. A las diez escucha un ruido: *Veba llena una cubeta en el baño.* Hace una mueca. *Esta vez la nombré al primer intento.* Le dio forma en su mente gracias a un nombre. Se ha vuelto, *la he vuelto,* igual a todo el mundo. Y todo el mundo tiene algunos derechos. Minutos después, su huésped baja las escaleras; cierra la puerta. Hendrick, rabioso, arroja el lápiz al suelo. *¡Me impide concentrarme!* A él, quien se abstrae de su entorno con la mayor facilidad y que, por lo general, no hace rabietas. El texto se torna ilegible. Su cerebro repite: *llena una cubeta; baja las escaleras; cierra la puerta, sin ruido.* Hace una deducción brillante. *¡Se bañará en el sótano!* También sin ruido, Hendrick abre el ropero. Toma el estuche de herramientas, saca un punzón... Mueve la cabeza. Concluye: *estoy loco.* Se hinca; sus dedos localizan el hoyo en la madera carcomida. Con sumo cuidado lo agranda. *¡Vaya! ¡Alguna ventaja debía tener un piso a punto de derrumbarse!*

Su ojo evalúa a la criada, desnuda, que se enjabona los senos. *Está usando la esponja para los trastes.* ¡Dios! Comprará otra, ¡mañana mismo!, porque le asquea utilizar platos y cuchillos lavados con algo que ha restregado los pies... axilas... genitales de una negra. *¡O de una china, árabe o paquistaní! ¿Tan difícil es comprenderlo? Pretendo mantener cierta higiene en mi casa. ¡Hi-gie-ne!* Memoriza cada detalle. *¿No le importa frotarse con una cosa áspera impregnada de grasa, restos de comida y...?* ¡Claro que no! *Los negros tienen una piel gruesa, casi insensible.*

La espuma resalta contra la piel oscura. Los omóplatos sobresalen, lo mismo que la pelvis. *Demasiado flaca.* Quizá esperaba una erección, no la tiene. Le parece una mujer tosca, burda. Apenas lo excita al limpiarse el pubis. Se aparta, decepcionado. *¿De mí?* ¡Nada menos que un voyeur, Hendrick! *¿De ella?* No proyecta erotismo.

Todavía arrodillado, se masturba. Hace años, ¿cuántos?, no tiene novia. *Por lo menos dos... tres... desde que empecé el doctorado.* Durante unos momentos pierde contacto: la realidad se esfuma, dando paso al orgasmo. Cinco, seis, nueve segundos... ni siquiera sabe dónde está. A ciegas, se recuesta sobre la cama, consciente de su propio sudor, de sus manos temblorosas.

Al fin enfoca la vista. Se incorpora. A pesar de la intensidad del placer, no está satisfecho. Le gustaría... *¿Qué coños me gustaría? No sé... que acabando de hacer el amor, mi pareja me dijera... eres un campeón, Hendrick. Como tú, ninguno.* Regresa al escritorio. *No sé... cierta comunicación... con alguien...* Lee los primeros renglones, sin captar una cifra. *Estoy pensando idioteces. ¡Qué comunicación, ni qué mierdas!* Aparta el libro. *No sería la primera vez... Por un par de tetas un pendejo sacrificaría futuro, equilibrio emocional, dinero. Conmigo se joden.* En definitiva, hoy no podrá revisar sus apuntes. *Mejor solo que mal acompañado.*

Recuerda a Lizza; las sesiones en la buhardilla. *El sol entraba por un ventanal del techo. Olía a polvo.* Sus ojos evocan los baúles, una palangana; al fondo, el maniquí. *En todos los desvanes hay un maniquí*. Aun reviviendo el pasado, casi palpable, se pone el pijama. Descarta sus pantuflas viejas. *Ni siquiera entonces me enamoré...* Tras varios intentos fríos, desganados, Lizza y él se separaron sin despedirse.

Al día siguiente encuentra la lata vacía. *Ésta se traga mis sobras. Le daré permiso de...* ¿Que saque algo del refrigerador? *Se llama Veba.* ¿Para qué? *Si le hago la vida demasiado fácil jamás se irá.* Prepara café. Agrega una cucharadita de azúcar y dos de leche en polvo. Sin venir al caso, deduce: *sólo tiene un pantalón.* De pronto, decide comprarle un vestido. *De la India. Los venden en cualquier esquina.* Invertirá unos cuantos euros para poder ordenar: *mientras lavas tu ropa, vístete.* Aquel lienzo enredado al cuerpo lo saca de quicio. *Me irrita verla con esa sábana, ¡mi sábana!, que se vista como gente decente.* Le exigirá... ¿Le pedirá? *¡Yo estoy comprando el vestido!* Un vestido baratísimo. *No es mi obligación.* ¿Acaso lo provoca? *No traía nada abajo. En Tombuctú, o de donde venga, ¿no conocen el sostén ni las pantaletas?*

Discurre un plan: la estudiará, de reojo, para saber qué trae entre manos. Disimulará sus intenciones. *¿Cuáles intenciones? ¿Ni siquiera en mi propia casa puedo ver de frente a una criada?* Escucha un ruido y se vuelve. Descubre a Veba, inmóvil, pero ya con un propósito: escapar. *Mi presencia la sobresalta.* Sus miradas se cruzan. Entonces, la intrusa recupera el movimiento. Baja la escalera. En su prisa, casi se desboca.

No entra en la cocina cuando estoy aquí. ¿Así evita que ambos compartan el mismo sitio? Se encoge de hombros. *¿Y a mí qué demonios me importa?* En *flashback* desmenuza la última imagen: Veba huyendo hacia el sótano. *No mueve las nalgas al caminar.* Lo sulfura esa carencia de garbo, como si fuera una agresión personal. Contra él. *Coño.* Rara vez le afectan los actos de los demás. Y ahora... Toma el portafolio, las galletas y sale dando un portazo.

Ocho horas después regresa al apartamento. Abre, despacio. Con la puerta a medio cerrar, escucha un sonido inconfundible. *Agua.* Se dirige a la cocina. La criada, de jeans, lava algo en el fregadero. Hendrick observa el chorro derramándose sobre el suelo. Se acerca. Entre la espuma, flotan algunas tazas. Veba sumerge las manos en el agua. Por su rostro, inmóvil, escurren lentamente las lágrimas. Apenas respira. Ve, sin ver, un horizonte inexistente. Esa tristeza profunda, irremediable, desarma a Hendrick. Por unos segundos ignora qué hacer.

Sus rostros están a unos centímetros de distancia. Si él quisiera, tocaría las cejas que parecen dibujadas con pincel, los labios gruesos, la piel sin una mácula. Le parece que esa mujer irradia magnetismo... *como si fuera... es la madre tierra abriéndose para devorar un pene gigantesco. El sacrificio de la virginidad en pro de la fecundación.*

El agua rebota contra el suelo. Hendrick siente el líquido bajo sus zapatos, invadiendo la cocina, dirigiéndose hacia el vestíbulo. Hace un esfuerzo para escapar de aquel embrujo. Cierra el grifo con un movimiento brusco. Veba se sobresalta. Se acuclilla por instinto, igual a un animal acorralado. Si minimiza su estatura, reducirá el espacio donde caerán los golpes. Levanta los brazos, se cubre la cabeza y espera... Esperará una eternidad, paralizada por el miedo. Entonces, gime. Un sonido gutural, primitivo, desgarra la habitación. Se encoge aún más, agazapándose en el suelo, a los pies del amo, semejante a una bestia temblorosa. Su respiración se entrecorta, transformada en queja.

Hendrick retrocede. Un desprecio inaudito, como no imaginó sentir, lo sacude. La piedad y la culpa, *¿Culpa de qué? ¿Culpa por qué?* toman turnos en su alma. *Yo no soy culpable de nada... injusticia, leyes migratorias, hambrunas, guerra, política... ¡De nada!* Quisiera alzar a esa puta para después... *¡a la calle! Acabar de una vez con esto.* Pero se resiste. No tocará su piel oscura. *El sudor imprime una pátina traslúcida sobre el rostro.* Esas palabras elegantes —traslúcida, rostro—, disminuyen su repulsión. El asco poco a poco se evapora. Hipnotizado, contempla un punto de interés: la epidermis negra, lisa e impecable.

¿Puta? Desde luego, no es virgen. En algunas comunidades mutilan a las adolescentes para que no sientan placer y se mantengan fieles a sus esposos... o cualquier sandez por el estilo. Imagina la cicatriz del clítoris y se estremece. No, no ahonda en tal emoción. Por lo mismo, nunca determinará si en aquel momento lo sacudía la lástima o el horror. De pronto rechaza su compasión, tornándose agresivo. *¡A mí qué me importa!* En realidad, ¿qué coños le importa? Sin embargo, *visualizo sufrimientos innecesarios, impuestos con extrema crueldad... ¡Salvajes! ¡Bestias!*

De un portazo se encierra en su cuarto. Hace algo desacostumbrado: usa la llave. Ahora, aunque Veba quisiera, no podría entrar. Más tranquilo, se acuesta en su posición favorita, con el codo bajo la cabeza. Entonces huele el sudor que humedece su camisa bajo las axilas. *Apesto. Me bañaré.* ¿Saldrá de su fortaleza? Ve el techo. Conoce cada grieta. La pintura, más clara en algunas partes, se torna amarillenta en otras. *Las manchas de siempre.* Ya ha imaginado lagartijas, monstruos, enanos, utilizando algunos puntos oscuros como ojos. *¿Dónde dejé el portafolio?* Sobre la mesa de la cocina, junto a la bolsa con el vestido. *¡Es cierto, le compré un vestido!* Pero, si va allá, se topará con Veba.

Exhausto, se sienta... *en mi cama, en mi espacio, en mi apartamento.* No ha cedido ninguna de sus posesiones. Camina tres pasos hacia la puerta. Abre. Desde ahí la ve secando el suelo a cuatro patas. La cubeta, a un lado, está llena de agua sucia. En ese ángulo, Veba deja entrever sus pechos, pequeños, aparentemente duros. Gira, ahora le muestra las nalgas, cubiertas por los jeans demasiado holgados. A pesar de todo, lo excita. Por unos instantes lo excita. Debe masturbarse, igual que ayer... ¿anteayer? *Sí.* Ahora. En ese lugar. *No.*

¡Lo hace a propósito! ¡Sabía que yo abriría la puerta! Que la vería a gatas. Rara vez tiene una erección contra su voluntad. Hace un esfuerzo. El instinto sexual debe dominarse.

Avanza otros cuatro pasos, cuidando de no aplastarle las manos. Coge el portafolio y le entrega la bolsa... estirando el brazo para que no haya contacto posible. Ella lo escudriña. No comprende. Hendrick sacude la bolsa, impaciente. *Me saca de quicio.* Abre su puño y el vestido cae sobre las duelas todavía mojadas.

Le gustaría tomar una taza de café; pero, con la criada arrastrándose por el suelo, imposible. Vuelve a la recámara. *Revisaré mis apuntes.* Se concentrará cueste lo que cueste. *¿Qué coños va a costar? ¡Ahora dramatizo!* Escribirá la tesis, apegándose al proyecto original. Ha dividido los capítulos por semanas para terminar con mucha anticipación. Afinará cada punto y presentará un examen estupendo. *No hay otra opción. Únicamente con un Magna Cum Laude bajo el ala, saldré adelante.* Él no tiene dinero, ni amigos, ni recomendaciones. Cuenta consigo mismo, nada más. Y, en el fondo, le agrada su independencia. Una vez que suba el primer escalón, se abrirá paso a punta de innovación, agresividad y astucia.

Suspira. Enciende el radio. Oirá las noticias *y luego redacto el primer capítulo.* Su mente entrelaza el epílogo de una antigua radionovela con las circunstancias actuales. *Magna Cum Laude... el gran Hendrick Buchheim ¿obtendrá esa distinción? ¡Mañana lo sabrá! Sintonícenos en su estación favorita, HJK 450... Joder a una criada... ¿nuestro chico maravilla conseguirá esa satisfacción?* La sonrisa se borra de su boca. *Si puede llamarse satisfacción,* concluye.

Despierta a las seis en punto. Va a la cocina y prepara café. Sorbe el líquido caliente. Al arrojar un papel al bote de basura descubre... Está vacío. *¿Cuándo sacará Veba los desperdicios?* De noche, cuando tiene la certeza de que nadie la observa.

Otra sorpresa lo aguarda. La criada sale del sótano con el vestido puesto. Huele diferente... Hendrick no logra asociar esa fragancia a un objeto concreto. En el baño descifra el enigma. *Usó la loción que me regaló mi madre. ¡Se empapó en mi loción!* Apenas queda la mitad. *¡Caramba con esta lépera! Me roba, pero no osa salir a la calle. Algunas veces un miedo imbécil la paraliza; otras, se pasa de la raya.*

Todavía tiene hambre. En la cocina, repite el ritual: dos cucharaditas de leche en polvo, una de azúcar. *Quizá "robar" no significa para los negros "apropiarse de lo ajeno". Cuestión de terminología o de costumbres.* Revuelve el café; lo prueba. *La contradicción entre posibilidad y acto me saca de quicio.* Le molesta repetir la misma frase. *¡Me saca de quicio! Le estoy dando demasiada importancia a una burrada.* Veba no tiene la ascendencia necesaria para alterar sus emociones. *La echaré.* Hoy mismo. Titubea. *Mañana.*

Mientras camina hacia la universidad —libro bajo el brazo, galletas en el bolsillo—, decide explorar una opción. *Invitaré a Karlotta.* Evoca el cabello lacio y rubio, rozando los hombros como un sol contra el horizonte. Los ojos verdes, quizá un tanto inexpresivos, y el cutis de blancura casi insultante. Su compañera desde hace tres años, desde que empezaron el doctorado. Recuerda el suéter violeta, moldeando los senos, invitando a estrujarlos antes de la penetración. *Sin embargo, por raro que parezca, nunca me atrajo. Al menos no lo suficiente para invitarla a salir.* El título profesional fue su única meta. *La mayoría encuentra en las aulas amigos, novia... y lo pagan muy caro. Son alumnos mediocres y serán profesionistas mediocres. Quien sirve a dos amos, con alguno queda mal.* Hendrick Buchheim, por el contrario, destacará. Después, cuando haya tiempo, resolverá el problema de las relaciones sociales.

Al terminar la última clase Karlotta y Hendrick se dirigen a la cafetería. No fue necesario hacer una cita. Todo resultó fácil y esa naturalidad indica que la chica lo admiraba desde un principio, esperando que algún día le prestara atención, que se dignara verla.

Se separan en la puerta. Él va al baño a orinar. Se peina ante un espejo; se lava las manos. Sale. Desde lejos, localiza a la joven. Para mayor seguridad, ella agita la mano. *Sin duda, vigilaba el sitio por donde yo aparecería. ¿Temía que me escapara?* Karlotta sacude su melena áurea, le indica una silla. Siéntate frente a mí, schatzi. Accede, aunque aquel "schatzi" le parece cursilísimo. Sobre la mesa hay una taza de café. Lo prueba. Exactamente como acostumbra: una cucharadita de azúcar y dos de leche en polvo. La rubia lo ha observado: conoce mis gustos.

De pronto, Karlotta habla sin parar. *¿Está nerviosa?* Una especie de agitación histérica la sacude. Hendrick estudia su boca. *Apuesto a que aprovechó muy bien los minutos en que estuvo a solas: se pintó los labios y acercó nuestras sillas.* Tales detalles entibian su ego. *Me seduce.* Durante un minuto entero se siente a sus anchas.

Presta atención al monólogo. La chica, *tan blanca*, separa las vocales formando O's y A's de manera peculiar. Tiene un vocabulario extenso, aunque su pronunciación, de tan esmerada, le resta espontaneidad. Además, toca temas interesantes *que a mí me tienen sin cuidado.* Le gustaría acabar con las formalidades. *Algunos besos y... quítate la ropa.* Tampoco pretende violarla sobre esa mesa, en medio de la cafetería. *Jamás me atrajo el exhibicionismo,* pero sí lo expedito: A *lo que viniste, linda.* Sonríe, festejando su propia broma. Ella ni se percata.

Hasta él llega su perfume. Algo floral que acaba por hastiarlo. De reojo, cataloga a la concurrencia. *Debería estar en la biblioteca, redactando fichas. Cierran a las diez. Si inventara una ex-*

cusa y me largara, aun me quedarían cuatro horas. Bien aprovechadas significan... *Dios, ¡qué fastidio!* Su invitada menciona los próximos seminarios, proyecto de tesis, ¿vacaciones o un empleo temporal? *¡No terminará en cien años!* En cambio él, apenas soporta tanta pérdida de tiempo. Aparta la silla. Se despide bruscamente. *¿Dónde está la salida?* Detrás de aquel pilar. Karlotta lo llama. Pretende no oírla y se forma en la fila. Lo sigue. ¡Hendrick!

Es su turno. Frente a la cajera descubre que no recogió la cuenta. Masculla una maldición. Se vuelve. Karlotta tiene ese papel en la mano. Lo entrega junto con un billete. Yo pago, anuncia contenta. Hendrick hace un gesto vago de protesta. Se pasa la diestra por el cabello. Espérame, dice ella.

Afuera, el aire lo reanima. Aquello dura un instante. La muchacha lo alcanza. Ha bajado las escaleras a toda velocidad, esquivando a varias personas para lograr su propósito: está ahí, ante él. *El hombre de mi vida, mi adorado tormento.* Recobra la respiración, pero aún jadea cuando propone una segunda cita: cine, teatro, caminata por el bosque; hay una exposición en la galería N... o lo que tú escojas, schatzi. Hendrick barbota una disculpa que ni él mismo cree. La joven pierde la paciencia. Ese enojo lo obliga a recurrir a la verdad: preparo una interrogación oral además de mi tesis, Karlotta. Dejémoslo para después. La rubia no cede. Ha saboreado un pedacito de cielo: *pasamos juntos media hora y no perderé la única oportunidad de atraparte, amor.* Cuando se gradúen, cada uno tomará diferentes derroteros. A la ocasión la pintan calva; así que... ¿Debo rogarte, schatzi? La pausa dura dos segundos. Entonces su tono varía de súplica a indignación. Se sulfura, trémula, a punto de llorar.

La contempla. No cree lo que observa. Una chica preciosa haciendo rabietas... ¿por él? ¡Contéstame, Hendrick! El movimiento de su cabello dorado enfatiza el mandato. *Nena, detesto que alguien me dé órdenes.* Entonces ella pierde el control. Lo pesca del hombro. Veme a la cara, idiota. Te estoy diciendo... Buchheim se zafa de ese garfio. Con tres zancadas la abandona en medio de la calle. Respira, libre de nuevo. *No esperaba esto. Karlotta tenía las mandíbulas desencajadas, los ojos llenos de lágrimas. Dios, ¡qué escenita!* No se considera atractivo. Sin embargo, una muchacha bonita, inteligente, simpática, lo acosa... aunque el precio es demasiado alto. *¿Qué pretendes, muñeca? ¿Que te obedez- ca de rodillas, como si me hicieras un favor? Ni una vez, ¿entiendes? ¡Ni una vez!* Varios hubieran dado la mano derecha con tal de estar en su pellejo. Examina rostros en su memoria. *Ludwig derrapa por ella. Peter le regaló un libro carísimo... Hermann...* La confianza en sí mismo aumenta varios grados. Endereza la espalda. ¿Por él? De pronto lo estruja una certeza: *sí, la pobrecita muere por mí. No pensó que yo, un pobretón, la mandaría al demonio.* Con paso seguro, echa a andar. Una calle después se detiene. ¡Me cago en Dios! ¡Debo ir al mercado! Es jueves. Hace una semana, exacta- mente, la negra descompuso su vida. Han pasado demasiadas cosas... y no ha pasado nada; al menos, nada importante. Él, tan metódico, olvida su rutina; se irrita con frecuencia. *No, no usemos eufemismos. Me lleva el diablo desde que abro los ojos. Veba. ¿Qué clase de nombre es ése? Desde luego, ignoro a qué tribu del África Central pertenece.* Por segunda vez en la tarde, sonríe. Su humor, como lo demás, ha cambiado. Ahora su ironía se basa en la discriminación racial. *Discriminación estética,* corrige. Si la criada fuera menos fea, la aceptaría. *Entonces, ¿por qué coños rechazo a Karlotta? ¿No es el ideal de muchos estudiantes? A mí me deja frío.*

En el mercado escoge, con mucho cuidado, verduras y frutas. Mentalmente suma los precios para mantenerse dentro del presupuesto. Si su "huésped" no comparte sus gustos o se muere de hambre, *a ver qué hace.* En la sección de lácteos escoge una lata de leche en polvo. Tiene suerte: *la rebajaron un veinte por ciento*. De pronto, recapacita. *No ha salido tan mal el negocio.* Comida: *dos huevos diarios y los desperdicios que yo hubiera arrojado a la basura*; alojamiento: *el sótano*. A cambio, Veba limpia, plancha, pule, lava, remienda la ropa. *Ni una esclava resultaría más barata.* Camina hacia el pasillo de los cereales. *Ayer la vi por el agujero del suelo, sentada sobre el camastro, cosiendo un botón. ¿Sabrá que la espío?* Se detiene: *¿Comerá arroz, frijoles o maíz?* Elige un paquete; lee la tabla de información nutricional. *Le diré que cocine. Si quiere servir, que de verdad sirva.*

A pesar de sus cálculos, excede su límite. *En fin, la beca todavía durará dos meses.* Saca del portafolio una bolsa de tela porque *yo no contamino usando plástico.* Como no caben algunas latas, las reparte entre sus bolsillos. *Además, en junio, empezaré a trabajar y, si las cosas se ponen color de hormiga, le doy una patada a la negra y asunto arreglado.* Su economía doméstica está a salvo.

Llega al apartamento. Acomoda la bolsa sobre la mesa y los frascos en los anaqueles. No le interesa colocarlos de menor a mayor, como acostumbra. Veba lo hará. *Que se divierta arreglándolos.* Por su parte, cumple con creces yendo al mercado. Aparta una lechuga, jitomates, nabos y apio para una ensalada. *Espero que entienda. Si no, ¡a la calle! Un error, un mínimo error bastaría. Estoy hasta la coronilla.*

Dando un portazo, se encierra en la recámara. *Así le aviso que regresé.* Inventa esos trucos con tal de no hablarle. Cuelga su saco, se pone las pantuflas; por último, hojea un cuaderno. Todavía hay ocho cuestiones pendientes. Palomea tres, resueltas. Aún con el retraso que implicó Karlotta, le sobra tiempo. *Si continúo a este paso, terminaré con dos semanas de anticipación.* Será el único que lo logre y tal hazaña lo convertirá en el centro de atención de los profesores. *Luego, los alumnos puntuales entregarán sus trabajos. Al resto... ¡habrá que arrearlo!* No recela de su capacidad: realizará sus planes sin problemas.

Cerca de las nueve toma un descanso. Ha olvidado los víveres, la alacena. Al entrar en la cocina se sorprende. *Vaso, ensalada, los cubiertos en el sitio correcto; pan en un platito.* El espectáculo le encanta. Se sienta con toda parsimonia; acomoda la servilleta sobre su rodilla. *No es la primera vez que ésta pone la mesa. ¿Quién la enseñó? ¡Me vale mierda!* Prueba la ensalada. *¡Excelente! Puede haber servido en una casa o vendido el culo en una esquina. Si me atiende como quiero, lo demás me vale.* Come, satisfecho. Al terminar, ni siquiera pone los platos sucios en el fregadero. Para eso tiene criada.

Suena el teléfono. Rara vez lo llaman. Es Karlotta. Avergonzada, tartamudea las primeras sílabas. Al cabo, recupera la confianza: Hola... Con voz mucho más dulce: Hola, Hendrick. Él guarda silencio. ¿Que hacías? Estudiaba. *Ojalá este pretexto la desanime.* Una pausa bastante larga se desliza entre ambos. Al fin... discúlpame, por favor. Me exalté. Olvídalo, Karlotta. Hagamos las paces, schatzi, suplica. *Un schatzi más y la ahorco.* De acuerdo, hagamos las paces. Otro silencio. De pronto, sin ninguna transición, ella se convierte en una niñita estúpida: ¿sigues enojado? Hace un esfuerzo: no, no estoy enojado, refunfuña. Le gustaría colgar el teléfono en ese mismo instante. *Sus pendejadas me sacan de quicio.* Imagínate, Hendrick, me regalaron dos boletos para el teatro. Lo desconcierta ese cambio abrupto. *¡Se le pasó el berrinche! No me guarda rencor por haberla dejado plantada a media calle. Las mujeres son imprevisibles. Ni quien las entienda.* ¿No quieres...? No, no quiere. Debo estudiar. ¿A ti no te preocupa el examen oral? pregunta, incrédulo. Después le advierte: hay una fecha límite para la entrega de los proyectos de tesis. Entregaré el mío a tiempo, afirma Karlotta... y sigue con la perorata.

Aquel torrente de palabras le altera los nervios. *¿Nunca se dará por vencida?* Karlotta arguye, propone, insiste. Sobre todo, insiste. Hendrick ya no trata de interponer una palabra. Desprende el aparato de su oreja. Los sonidos continúan saliendo del auricular. *Yo te recogería, tesorito. Regresaríamos a las once...*

Poco a poco, en cámara lenta, cuelga. Un remordimiento instantáneo lo estruja, pero ya no puede retroceder. *Mañana le daré una disculpa. Una llamada de larga distancia interrumpió la comunicación. Cualquier excusa es buena.*

Está en su habitación cuando suena el teléfono. Otra vez. *No contestaré.* El halago que sintió hace unas horas se convierte en molestia. *Si alza el auricular, le dirá a Karlotta que...* Veba responde. A través de la puerta, Hendrick escucha una voz suave, ¿como brisa entre la hojarasca? Más bien algo oscuro arrastrándose sobre la hierba. *El acento gutural y la construcción gramatical incorrecta transforman mi idioma en un poema surrealista, dejando resabios de hermosura bajo las palabras.* No, el señor no venir puede, señorita, repite Veba. Se cierra en su recámara, como tumba. No, no lo llamo. Tú disculpa. Perdón.

Después, silencio... un silencio que el estudiante aprecia cual bien supremo. Se extiende por su apartamento, lo abraza. Sin una razón precisa alza la vista y, a través de la ventana, contempla el cielo. Atraído por ese espectáculo, sale. En la calle nada se mueve. De vez en vez un claxon lejano acentúa aquella calma. Entonces, la quietud impregna su alma. Al fin se siente tranquilo. Ha recobrado la serenidad, la honda paz del espíritu.

Y... *¡Me recargo en la pared! Karlotta oyó a Veba. ¿Por qué diablos contestó el teléfono? Entrometida, eso es, ¡una maldita entrometida! Ahora, Karlotta sabe que hay una mujer en mi apartamento. Va a armar un jaleo de santo y señor mío. Apuesto doble contra sencillo: en este momento baraja una serie de hipótesis que me lanzará a la cara apenas me vea. "¡Conseguiste una amante, hipócrita! Seguro te mantiene, chulo, pues tú eres una rata atarantada. Sigues parado sobre tus dos pies porque no tienes ni en qué caerte muerto." O quizá captó el acento africano de inmediato. "¿Quién es ésa? ¿Una negra? ¿Explotas* *a una ilegal? ¡Desde luego! Te acuestas con ella a cambio de comida y techo. Porque no me vas a decir que juegan a las canicas."* No soportaré *su ironía; su tonito de voz, que irá en aumento hasta acabar en gritos. ¡Como si tuviera derecho de reprocharme algo! ¡Yo hago lo que se me pega la gana y no le pido permiso a nadie!*

Maldiciendo, entra al apartamento. Busca una colilla. La enciende y aspira. El mal sabor le revuelve el estómago. *Más vale esto a nada.* Sus dedos cogen el cigarrillo de un extremo, para no quemarse. *Dios, ¿cómo justifico esta situación?* No sería prudente que se corriera la voz. Alguien *podría averiguar... visitarme... ¿ya sabías que Hendrick esconde a una ilegal? Un adefesio entre carbón y azabache. Ajá. ¿Siempre ha destacado por su mal gusto?*

A la mañana siguiente prepara café, pone cinco galletas en una bolsa, cierra del portafolio. Todavía ignora de qué modo saldrá del atolladero *en que me metió Veba.* Las aclaraciones no son su fuerte... menos aún si van dirigidas a una histérica. Para completar el cuadro, la criada lo evita. Ante semejante hecho, su irritación crece. *Si fuera una mujer normal, actuaría de manera diferente. Igual que Karlotta al principio.* Es decir, entraría a la cocina a servirlo. Indagaría si prefiere esto o aquello para la comida y él tendría a dos mujeres a sus pies.

Desayuna. Escoge una camisa, el pantalón gris, el suéter. Apenas reconoce que, gracias a Veba, están perfectamente limpios, doblados como si salieran de la tintorería. *Una chica, rubia e inteligente, está loca por mí.*

Empieza a silbar bajo la ducha. De alguna manera la convencerá: *sé discreta, te conviene.* Haré un pequeño esfuerzo, *le tendré un poco de paciencia... ¡Y a otra cosa!* Dos, un buen número. *Más, sería demasiado.* Examina sus bíceps. *¿Dónde están las pesas? ¿Bajo la cama?* Las volverá a usar. *Total, sólo necesito unos minutos para mantenerme en forma.*

Al llegar a la facultad, lo impacta un tumulto en el vestíbulo. *¿Organizan una huelga? No es el momento*, decide. *Esperen al término del semestre y entonces... De lo contrario los exámenes se pospondrán. La beca expira en junio y no tendré dinero para... ¿Qué* sucede? En un santiamén lo rodean sus compañeros, varios alumnos de la Maestría, hasta el conserje. Alguien le coloca un periódico bajo las narices. ¿Ya leíste la noticia? ¿Te enteraste? Niega. *Aparta el diario. Se sentará en algún sitio y...* Lo zarandean en su afán por interrogarlo. ¿Cuál fue el motivo? ¡Qué calladito te lo tenías, Buchheim! En medio de una cacofonía brutal, descuellan ciertas palabras: suicidio, Karlotta. Su mente las une, *Karlotta, Karlotta, Karlotta*, amplificándolas en un eco, *suicidio, suicidio, suicidio*. Las sílabas retumban; sin embargo, no entiende. Busca ayuda con la mirada. Un compañero le aclara: Karlotta se suicidó. ¡Por ti! Otro intenta una broma: ¿qué se siente ser tan seductor, donjuán?

Aprieta el periódico. Sus dedos se crispan alrededor del asa del portafolio. Necesita abstraerse de aquel tumulto. Dicen que escribió una carta de siete hojas. Ahí cuenta su terrible experiencia, Hendrick. Eras su obsesión. Su manía. Amor no correspondido, cuñado. La pobre se convirtió en un Werther versión femenina. Gritan. Se arrebatan las frases. La curiosidad los carcome, aunque sigan bromeando. En pleno siglo XXI las señoritas bien acaban mal. Vende tus memorias.

Se abre paso. Avanza a tropezones, como si estuviera borracho. Penetra en el área de los maestros, seguido por cuatro o cinco compañeros. A ciegas, invade el primer cubículo que encuentra. Cierra. Oprime el seguro. Los muchachos pegan sus caras contra el vidrio. Oye, te metiste en la oficina de Gunther. Yo que tú... Sal, no le busques tres pies al gato. Tocan a la puerta, inútilmente. Nosotros nos esfumamos, Buchheim. Ya sabes: *verbotten!*

Prohibidísimo pisar este sitio. La absoluta inmovilidad de Hendrick termina por desanimarlos. Te esperamos afuera. Si nos necesitas, llamas. Le vuelven la espalda y se alejan.

Hendrick continúa oyendo voces. Todavía cree que tiene esos rostros burlones ante sí. Evoca los labios distendidos por la risa. *Coño, ha muerto una mujer de veintiséis años.* Mide aquellos fantasmas de arriba abajo: *¿No comprenden? ¡Se desperdició una vida!* Las sombras lo rodean. ¡Él les dará su merecido! Necesita descargar su ira. Alza los puños y los estrella contra el vidrio del cubículo. El impacto lo devuelve a la realidad. Está solo. Le toma varios segundos aceptarlo. Sus rodillas se doblan y acaba sentado, pasándose una mano por la cabeza. *Sufrí una alucinación.* Esto le pone los vellos de punta. *Toqué el más allá... Ese espacio entre lo actual y lo inexistente, tan pequeño, tan incierto. Traspasé la barrera.* Sus dedos tiemblan. Si golpeara la pared, *¿se tranquilizaría? Claro, después de romperme la mano me calmaría un poco.* Aquel temblor, *¿disminuiría?* Quizá. Y, *¿después? Me esperan en el pasillo.* No soportará sus bromas. *Los agarraré a patadas.*

¿Soy responsable? ¿Cargo un crimen sobre mi conciencia? Legalmente nadie moverá un dedo para acusarlo. *Soy inocente de los desvaríos de esa orate.* ¿Hubiera podido suponer que una plática intrascendente desataría semejante lío? *Suicidio, llamémosle por su nombre.* ¿Cuánto tiempo lo amó, hilvanando esperanzas que parecieron cristalizarse en esa primera cita? *La primera de muchas, soñaría Karlotta.* Sin duda aspiraba a conquistarlo. *Sus plegarias se concretaron, de repente, en un espejismo.* Le coquetearía un poco. Lo incitaría un poco. Luego, el segundo encuentro y, más adelante... *Por favor. No se trata de una novela romántica. Werther ya pasó de moda. Werther nunca pasará de moda. Suicidio. Karlotta pensaba, tenía materia gris en el cerebro. ¿Tenía? ¡Dios, conjugo en pasado! ¿Por qué no puedo decir tiene... tiene materia gris en el cerebro?* El presente irrecuperable. *Te amo, schatzi.* Las lágrimas resbalan, al fin, por sus mejillas. Las limpia de un manotazo.

Ni siquiera lloró en el funeral de su padre. *Yo no reacciono así. En unas semanas ha cambiado radicalmente. Un amor suicida. Intemporal.* Pasiones desbocadas. *¿Heroicas? Absurdas.*

¿Por qué le pasa esto a él, por qué coños a él? Destruirá algo. Alzará la silla y la arrojará contra el vidrio. *¡Ni drogado le hubiera hecho caso!* Se suena la nariz. *¿Es ése el móvil? ¿Basta con no prestarle atención a una esquizoide para que se suicide?*

Tu nombre, Hendrick, en la nota roja. Si su madre se enterara... Fruncería los labios. *No, no moverá un músculo,* apenas respiraría. Luego lo vería a los ojos, sin el menor reproche, excepto por su mirada... intensa, fría, expresando su decepción.

Me considerarán la oveja negra de esta puta universidad. Hablarán de la gran tragedia en voz baja: ¿saben? Se suicidó por Buchheim. Callarán cuando él entre a un aula. ¡Ni que fuera tan guapo! Y reanudarán el chisme apenas les vuelva la espalda. Un ratón de biblioteca. Pedante. Parido por los dioses.

Calma, se dice. *Tiempo al tiempo.* Otro acontecimiento opacará su "fama". *Nada es eterno. Mientras tanto, haré de tripas corazón.* Porque no le queda otro remedio. *¡Querida Karlotta!* Da un puñetazo sobre el escritorio de Herr Professor Gunther. *Me gustaría metérsela por el culo. Humillarla en la medida en que ella me humilla.*

¿De qué sirvieron sus precauciones? Nunca provocó un escándalo; jamás lo pescaron en una borrachera. Su currículo le conseguiría el mejor empleo, con un sueldo envidiable. *Tenía las mejores recomendaciones... ¡Tenía! ¡Otra vez en pasado!* Y ahora... *este suicidio.* Entonces, ¿hay que permanecer bajo una campana de cristal? *Quieto, atarugado, con los huevos en la garganta.* Porque una simple invitación, una cita inocua, desata una catástrofe.

Se agacha para vomitar... y se da cuenta de dónde está. *¡La oficina de Gunther! ¡Me relleva!* Ciertamente, debe escoger un sitio más apropiado. Aspira hasta llenar los pulmones. Tras un esfuerzo, un gran esfuerzo, se traga la basca. Sale de inmediato.

Espía hacia ambos lados. *No hay nadie.* Cierra con muchísima cautela, pero se le atora la manga en el picaporte. Frenético, jala. Una vez en el pasillo, se cerciora de que sus compañeros han entrado a clases. *Le daré mi trabajo a Hans Stadeler. Él lo entregará y yo volveré a casa.* No se siente capaz de tolerar a imbéciles. Si alguien le impidiera el paso, *le parto el hocico.*

De regreso al apartamento, compra un periódico. La noticia sobre Karlotta ocupa el recuadro inferior izquierdo. *Apenas una columna.* Ignora si su desesperación-nerviosismo-paranoia puede aumentar, o si ha llegado al límite, porque una enorme lasitud dosifica sus reacciones. Se apoya contra un poste y lee *esta maldita columna.* Siempre recordará algunas frases: "Veintiséis años, de buena familia, excelente hija y alumna, con brillante futuro". *No, desde luego que no. Aquí hay una incongruencia. Karlotta o su futuro no eran tan brillantes. De ser así, ella seguiría viva. Actuó como retrasada mental... y me llevó entre las patas.*

¿Cuánto tiempo transcurre? El sol desciende tras los árboles, dejando estelas luminosas. Tomará un largo baño caliente. Si tiene suerte, sus pensamientos se desintegrarán entre el jabón y la espuma. Pasa frente a la papelería de la calle G. En ese preciso momento, Vicky Paterson estaciona su auto. Abre la portezuela con precipitación. Casi me golpeas, le grita Hendrick, deteniéndose. Ella actúa a toda velocidad. Se acomoda el suéter, frunce el ceño, lo increpa. Te estaba buscando, *arschloch.* ¡A ti, precisamente! Habla al mismo tiempo que saca unos legajos del asiento posterior. *Seguro necesita fotocopias,* deduce Buchheim, hecho un idiota.

Si Vicky hubiera llegado un minuto después, aquel encuentro no se hubiera efectuado. Ya me enteré, guapo. La chica se acerca, invadiendo su espacio. ¿Por qué la ilusionaste si no le ibas a cumplir? A su pesar, él retrocede un paso. ¡Qué cabrones son los hombres! *No vale la pena fingir demencia*, decide, iracundo, *al toro hay que agarrarlo por los cuernos*. Cálmate, Vicky. Me cité una vez, una perra vez, con Karlotta. No tengo la culpa de... En público, lo interrumpe. En público, querido. ¿Y en privado? ¿Cuántas veces la citaste? ¿Cuántas acudió a tu apartamento? Tuviste tiempo de trastornarla por completo. La trastornada eres tú, si crees... Creo. Y publicaré un artículo en el periódico de la universidad dando mi opinión sobre ti y los que se parecen a ti. ¡Punta de cabrones misóginos! Gracias, Vicky. Intenta controlar su voz. Cuando supone que lo ha logrado, añade: oye, ¿y no te parece una cabronada destruir mi integridad moral, de una manera tan femenina y justa? ¿Tú, tú hablas de integridad, Buchheim? Suelta una risita mordaz. Al instante ataca. No, querido. No te queda el disfraz de blanca paloma: tú la mataste. Fuiste el autor intelectual del crimen. ¡Puta madre! ¡Por Dios, Vicky! Karlotta sufría depresiones terribles. ¡Eso lo acabas de inventar y no te permito que difames a una muerta! Escucha... Ya, lo ataja. Ésta es la última vez que hablo contigo.

Se dirige a la papelería mientras él echa chispas. De repente, Vicky se vuelve. ¡Sádico! A gritos pregona: ¡sádico, sádico! Los transeúntes los observan. Se encogen de hombros; prosiguen, indiferentes. No obstante, Hendrick siente que mil ojos se clavan en su nuca, atormentándolo. Desea estrangularla. *Loca de remate. Lo que necesita es una camisa de fuerza.* Se lo dirá, también a gritos. Una alarma suena en su cerebro. Lo detiene: *pelea callejera con una mujer. Mi reputación adquiriría nuevos visos: asesino, sádico, patán.* Felicidades. Progresas, muchacho. Aprieta la mandíbula y sigue su camino. *Se creyeron lo de la liberación femenina. Retrasadas mentales.* ¿Cómo frenará el escándalo? ¿Podrá concentrarse? *Los exámenes orales empiezan mañana.* Entra en una farmacia y compra aspirinas. *¡Vicky escribirá un artículo en el periódico para que, si alguien no se ha enterado del bendito suicidio, se ponga al tanto!*

Rompe el aluminio que protege las píldoras; una, dos, cuatro ruedan por el suelo. Las tritura con el pie. Luego mastica varias, sin agua. *A las mujeres deberían quemarlas vivas. Con leña verde.* Entonces suelta una carcajada. *De verdad, exagero.* Lo ahoga su propia risa y piensa que aquello no tiene gracia. Ninguna gracia. Al acercarse a su apartamento, revive la escena reciente. Su rencor aumenta. *Vicky Paterson.* De alguna manera le ajustará las cuentas. *Basta,* concluye. *Basta de melodramas.*

No ha decidido si debe dormir *ya estudié lo suficiente,* ir al cine... *encerrado entre cuatro paredes me volveré loco y ya hay demasiados locos en este mundo...* o escuchar música.

Abre la puerta. Se introduce sin hacer ruido. En la cocina y la recámara reina una armonía perfecta. No ve a la criada. *¡Gracias al cielo!* En ese momento no está para negras. *Todas, absolutamente todas, son una sarta de... Vicky Paterson, me debes una.* Su impotencia lo sofoca. La menor contradicción lo haría estallar.

Se dirige al baño. *Me remojaré en la tina durante horas.* Oirá el concierto número veintiuno, de Wolfgang Amadeus, *ese maravilloso Andante escrito para los ángeles.* Conoce de memoria cada nota, la forma en que las teclas deben acariciarse... Quizá lea a Schiller. Su alma se expandirá y *saborearé mi vida de nuevo.*

Al abrir la puerta del baño, *coño, hay que abrir y cerrar puertas a cada minuto,* se topa a bocajarro con Veba. Arrodillada, trapea el suelo. *¡Me cago en Dios! ¿Cuánta mierda hay en el piso para que ésta pierda horas fregándolo? Y, de paso, fregándome la paciencia.* No puede más. La humanidad está en su contra. Todos contra él. Y no lo merece. No tiene la culpa. *¡De nada, absolutamente de nada!*

A sus pies, los malditos jeans, *demasiado holgados,* cubren unas nalgas esqueléticas. No sabe cuándo, ni de qué modo, la agarra para colocarla entre sus piernas. Aquel contacto le provoca un asco increíble. Siente cómo se pone tensa... igual que su madre, si se enterara del lío de Karlotta. Igual que Frau Buchheim. *¿Fruncíría o se mordería los labios?* Veba no mueve ni un músculo. Él tampoco. Apenas respiran. Transcurre un segundo, quizá dos. Si su madre lo mirara, *si ésta me mirara*, ¿descubriría en esas cuatro pupilas un tremendo desprecio? Las imágenes se borran. Ve lo que tiene enfrente, no más.

Le baja los pantalones. *No usa ropa interior*, lo cual no lo sorprende. La penetra sin que oponga resistencia. Continúa rígida, muda. Ni un gemido altera el silencio. Su fuerza, su poder viril, semeja una ola cálida que lo protege. La frente se le cubre de sudor. Jadea mientras afirma los pies. Como no es suficiente, la coge por los hombros para impulsarse. Tiene un orgasmo fenomenal. Descarga frustraciones, miedo... *y quien sabe cuántas otras estupideces.*

Cuando cierra su bragueta recupera un resto de dignidad. Lo sulfura haberse rebajado... aunque ella no se opuso. *Quien calla, otorga.* La lastimó. *No oí ni una queja.* Quizás está acostumbrada. Sin duda, *¡está acostumbrada!* De lo contrario, hubiera reaccionado de manera distinta. Lo habría detenido... *yo no la obligué.* Jamás fue a un prostíbulo, ni propició un noviazgo con el fin de conseguir relaciones sexuales gratuitas. *Además, me incita.* Siempre arrodillada en la misma posición. *¡Como si no supiera lo que puede ocurrir!*

A todo esto, ella sigue inmóvil. Furioso, le arroja una toalla. *Cúbrete. Ten un poco de vergüenza.* Abre el grifo y la tina empieza a llenarse. El vapor forma nubecitas que ascienden hasta el techo. *Ojalá se largue.* Vierte sales aromáticas. Revisa los estantes sobre el excusado, pero no encuentra el disco compacto. *¿Lo dejé en la recámara?* Al regresar, Veba ha desaparecido.

Escucha su llanto en el sótano. *Sólo esto me faltaba.* La música sofoca ese ruido, aunque hoy ni siquiera Mozart lo tranquiliza. *A los dos nos dio por soltar moco y lágrima.* Aquella coincidencia sacude sus emociones. En algo se parecen una negra y él. ¿Y si le regalara dinero? ¿Cuánto? ¿Sentará un precedente? *Mejor le compro unos aretes. Los hay en cualquier esquina.*

Tiene un dolor de cabeza gigantesco. *Hoy no resolveré ni un maldito problema.* Entonces suena el timbre de la calle. *Cada vez que un timbre suena, ocurre algo desagradable. No voy a moverme.* La sirvienta acude al llamado. *Habla con alguien.* Una posibilidad lo impacta. Esa bruta, ¿dirá lo que ocurrió? ¡No seas imbécil! ¿Sabe usted? El señor acaba de violarme. *Nadie le creería. Su palabra contra la mía.* A pesar de tal afirmación, por unos segundos tiembla. Luego, Veba desliza un sobre bajo la puerta del baño. Hendrick se estira y lo pesca. No se pregunta quién lo envía. Ha perdido todo interés en el exterior. Saca una esquela: *Enterrarán a Karlotta mañana por la tarde.* El agua se enfría de repente. Si quisiera, bastaría con recostarse para que lo cubriera. Imagina el encabezado de un nuevo artículo firmado por Vicky: *angustiosa muerte en la tina.* Suprime un estremecimiento y se incorpora. Tiritando, seca su espalda.

Una pregunta surge: *¿quién, quién me envió esta maldita esquela?* Exige respuesta. Súbitamente, capta aquella trampa. *Fue Vicky Paterson. Ella la escribió.* La bata disminuye el frío glacial. Sin embargo, sus dientes castañetean. *Y van dos. Todavía no le devuelvo esos dos golpes...* bajos, directo a las partes nobles. *Pero ya encontraré una oportunidad.*

¿Ir o no ir? *He ahí el dilema.* Sopesa pros y contras. Por fin decide: *no esquivaré mis obligaciones.* Hubiera asistido al entierro de cualquiera de sus condiscípulos como un gesto de solidaridad. *Ellos harían lo mismo si se tratara de mí.* Además, en el fondo de su alma, existe una segunda justificación: *así sabrán que no oculto nada; ¡no soy culpable de nada!* Consultará a su sinodal, resolverá el cuestionario, comprará unas flores y se presentará en el cementerio. Punto final. Va al cuarto y toma un somnífero. Amanecerá fresco, listo para la batalla. Por lo pronto, *dejaré de pensar.*

Al día siguiente cumple sus planes paso a paso. *El examen fue pan comido. Obtuve la calificación más alta.* En ese mismo instante lo carcome una desazón muy parecida al remordimiento. Aunque aquel suicidio le proporcione ciertas ventajas, no debe admitirlas. Ni en lo más recóndito de su conciencia. *De cualquier manera, hubiera superado a Karlotta.* Se pone una corbata negra, compra lirios, se dirige a la iglesia. ¡Hace tanto que no visita una! Tales recintos no son de su devoción, ni tampoco los olores opuestos: sudor, cera e incienso; en cambio, los coros infantiles despiertan emociones profundas en su espíritu.

La asamblea viste colores oscuros. El féretro ocupa la nave central. *Me veo ridículo sosteniendo este ramito.* Un tallo se dobla ante sus ojos. Esto le causa vergüenza, como si hubiera comprado una mercancía defectuosa. Fingiendo concentrarse en el altar corta la flor marchita. Con el pie, la oculta bajo la banca. Furtivamente, inspecciona a los asistentes. Nadie lo mira: su acción ha pasado inadvertida. De repente, se da cuenta. Ningún estudiante ha hecho lo que él: tienen las manos vacías. *Claro, en esta época del año, los lirios cuestan carísimo.* Ese detalle lo delata. *¡Coño, seguro lo achacan a sentimientos de culpa!* No quería llamar la atención y logrará lo contrario. *Fijan las miradas en mi rostro, en este puto ramo.*

Los deudos ponen sus ofrendas dentro del ataúd. Karlotta dormirá cubierta por un manto de lilas, azucenas, margaritas y... Faltan tus florecitas, Buchheim. *No quiero verla.* Si lo hace, recordará ese rostro toda la vida. La concurrencia se vuelve hacia él. ¿Qué esperas? Abochornado, sale a descubierto. Avanza por la alfombra roja. *No soy culpable de nada.* Apuesta a que lo catalogan, evaluando semejante despilfarro. *¡Cuánto le remuerde la conciencia!, dirán.* Con cada paso, teje nuevas hipótesis. *¡Cínico! ¿Pretende probar su inocencia?* Contempla el tapete, sus zapatos lustrosos... ¡tan hipócrita! ¿Nadie lo defenderá? Bastaría un simple "se equivocan, siempre fue buen muchacho". *En realidad, no hay pruebas contra mí; sólo existen suposiciones...* ¡Fíate de las aguas mansas! Al fin se aproxima al ataúd. Deposita los lirios. Le desagrada al máximo; no obstante, resulta imposible evitarlo: durante unos segundos admira el rostro de Karlotta. Los largos cabellos rubios, la tez de porcelana, en tonos blanquísimos y sombras azules. *Era muy bella.* Quizá, si no lo hubiera acosado... Descarta ese asunto. *¿Para qué elucubrar tonterías inútiles? El ayer desaparece sin dejar huella*; pero sí un triste vacío.

A la salida de la iglesia Vicky lo aguarda. Supongo que no le darás el pésame a sus padres, ¿verdad, Buchheim? Supones mal, yo... Te salvaste por un pelo, cerdo asqueroso, agrega, picándole el pecho con el índice. Hojeé su récord en la enfermería y... atinaste... Karlotta iba ahí a pedir sedantes. Quizá hasta sufría depresiones. ¡Qué suerte tienes, cabrón!

Hendrick siente tal alivio que se le doblan las rodillas. Ni siquiera posee la energía suficiente para desprender el dedo que le taladra el plexo solar. ¡De veras, tienes una suerte...! Esos pobres viejos no admiten que Karlotta te escribió una carta. Mencionas a la hija y se desatan en llanto. Quizá temen que descubra ciertos secretos. ¿Una adicción sospechosa a los tranquilizantes? En fin, prefieren dejar las cosas en paz. ¡Adiós a mi reportaje!

Espera a que Vicky le vuelva la espalda; pero ya no intenta cumplir con los requisitos sociales. Pésame y entierro quedan para mejor ocasión.

Exhausto, regresa al apartamento. Encuentra a la criada de rodillas. *¡Otra vez fregando el fregado suelo!* La furia le nubla la vista. Sólo sumergiéndose en la violencia saldrá de aquel estado, esa frustración que lo paraliza y, a un tiempo, lo sulfura. *Como si rociaran sal sobre mi herida.* Repite el estupro: le baja los pantalones, *demasiado holgados*, abre las piernas para afianzarse.

La penetra, brutalmente, sabiendo que le hace daño. El placer lo ciega. Su cuerpo paladea la tibia humedad de Veba, en tanto su cerebro concluye: *esta vida de mierda se reduce a una continua repetición. Ya hice esto. Y lo volveré a hacer.* Entonces la negra gime, aumentando el gozo del macho a horcajadas sobre una hembra. Esa queja rompe el silencio, *igual a un grito.*

Sus emociones se intensifican. Recuerda la misa de difuntos. El negro en trajes, listones, féretro... ese color también impregna lo que ahora toca: la espalda sudorosa, la cabeza gacha. *Sufre*, admite. *La mutilaron de niña.* En ese momento se visualiza *montándola.* Aquella posición lo impacta. Aparta las manos, igual que si tentara lumbre, y se endereza, sonrojándose hasta la raíz del cabello. Su reacción le resulta incomprensible; sin embargo, prosigue con los gestos habituales: cierra la bragueta, retrocede. Va a su habitación, mientras ella permanece inmóvil.

Acostado sobre la cama, enciende un cigarrillo. *¿Por esta razón la admití? ¿Para violarla?* Acomoda la cabeza sobre el codo. Exhala. El humo forma volutas ascendentes. Desde el primer instante, *¿tuve este propósito? ¿Violarla? Si fuera así, me desconozco.* Es un hombre íntegro. Hijo, alumno, ciudadano modelo. Un acceso de tos lo sacude. *¡Le cedí el paso a una negra sin segunda intención! Actué por solidaridad.*

Sus ojos siguen las nubecillas de humo. *Juré que dejaría de fumar. Éste es el último.* Observa las manchas en las paredes. *Veba me provoca. ¿Cómo sé que no me espía por la ventana y, al verme, corre a limpiar el suelo? Prepara la cubeta, la tiene a la mano... Dos veces en la misma posición. ¿Con qué pretexto? Quiere asegurar su estancia en mi apartamento. ¿Dónde estaría más segura? Duerme bajo techo, come... y, a cambio, trabaja una o dos horas. ¡Vida de reina!*

No hubo pasión, ni siquiera me forzó a doblegarla. No hubo nada entre nosotros... ¡Y se supone que ésta es la relación más íntima! Une a los participantes, aun si ellos se oponen. Descargué mis tensiones, el nerviosismo: fue todo. Karlotta. Vicky. El entierro. ¡Viví unos días de perros! Mete los dedos entre el cabello, lo peina. Aunque no se percate, aquellos nombres, Karlotta, Vicky, alteran su respiración. *Dos locas... la primera, auto-destructiva; la segunda, violenta. Por otra parte, Veba también me rechaza. Con su apatía, niega mi existencia.* Esa frialdad le roba un placer primitivo; por tanto, genuino, completo. *Así expresa ella su desprecio...* pues jamás se rebelará. *Seguirá a gatas, esperando. Puedo ser yo o puede ser otro. No importa. Lo acepta como parte de un destino al que no tiene acceso, ni posibilidad de alterar.* Durante la cópula, cuando su degradación debería consumarse, esa mujer se abstrae. *De su propio cuerpo, de mí, del entorno. En su mente, ese coito denigrante nunca ocurre. Y, al no oponerse a mi fuerza física o a mi superioridad mental, social y económica, me elimina...* Suspira. *Yo sé su nombre. Ella ignora el mío.* Si acaso lo ha escuchado, lo considera un sonido incomprensible, pobre resumen de Hendrick Buchheim.

Someterla, ¿a golpes?, me habría proporcionado satisfacción, orgullo, enojo, remordimiento. Todo junto en una mezcla informe. Al menos hubiera saciado su instinto. *¿Así? Nada...* excepto un vacío que empieza a conocer, que metamorfosea su esencia.

A diferentes intervalos, hay cinco encuentros sexuales igual de insignificantes. Vacila. *¿Insignificantes? Quizá carentes de significado. Coño, me he vuelto lingüista.* Alza la mano. A punto de pasarla por el cabello, se detiene. *Este tic me obsesiona. Debo controlarme, debo controlarme, debo...* Tampoco saca la cajetilla. *¿Por qué asumo un papel infame? Violo, aplasto la voluntad de un ser humano, supuestamente libre...* Ni un cigarro. Ni uno solo. *¡Supuestamente libre! Demonios, ¿voy a recordar la Revolución Francesa y la declaración de los derechos universales? Ella tiene la culpa. Se rebaja en esa posición, a gatas. No, yo la humillo... No, yo me degrado con esos coitos absurdos, impersonales...*

Abre el cajón. Coge la cajetilla. *Me gustan. Me gustan estos coitos absurdos e impersonales.* Pone un cigarro en su boca, sin encenderlo. *Cada vez me gustan más.* Aspira, como si fumara. *Nunca nos hemos visto a los ojos. Rehuye mi mirada, la menor comunicación…*

Con mucha calma parte el cigarrillo en dos, en cuatro. El tabaco cae al suelo, desperdigando su aroma. En cada ocasión, existe un respiro: al subirse la bragueta recupera la dignidad… *¡Qué dignidad ni qué madres!* Usando el pulgar y el índice, recoge el tabaco. Lo enrolla en una hojita de papel. La frustración le quema las sienes… *ardo dentro de ella.* Se desprecia… poco… mucho… *Me encanta.* Ella a gatas, sin que jamás se vean el rostro. *Me fascina.* Tanto que esa relación sexual te pondrá a merced de tu criada. Sería cómico, ¿verdad? Los roles se invierten y ella manda.

Termina su tarea. Examina el suelo, por si quedara alguna basurita. De repente, lanza un reto: *hasta aquí,* ni una cópula más. Se disculpa. *Todos harían lo mismo.* Este último pensamiento lo irrita. *Me creía superior a todos.* Obtendrá un *Magna Cum Laude. Seré el mejor de mi generación.* Y ahí está, violando a una negra.

No, no habrá otro intento porque el coito lo obliga a ahondar en su alma, *una experiencia bastante desagradable.* Veba le importa un comino, *menos que un comino,* ¿en serio?, pero le resulta insoportable disminuir ante sus propios ojos. Rebajarse al nivel de los demás. *Tenía otros planes.* Vencería obstáculos de una manera diferente, noble, a su altura.

Desde niño, aceptaba las reglas sociales, pues satisfacían… *Satisfacen* su sentido de equilibrio. Por ejemplo, frena cuando el semáforo está en preventiva. Le parece inconcebible conducir si se le pasaron las copas. Desarma a sus oponentes a base de silogismos. Participa en varias campañas ecológicas y vota por el partido liberal. *¿Entonces? ¿Dónde perdió el control? ¿Cuándo se convirtió mi vida en mierda?*

No todo es negativo. *Unas de cal por las que van de arena.* En la Universidad, durante el discurso de clausura, Gunther lo absuelve. Jamás menciona a Karlotta; no obstante, profesores y concurrencia interpretan sus frases, retorciéndolas hasta que encajan en aquel turbio asunto. La perorata se prolonga diez minutos porque el Herr Professor prosigue, impertérrito, con el diluvio de elogios. *Gunther jamás desaprovecharía esta ocasión. Soy su discípulo estrella; debe lucirme ante los colegas y un auditorio lleno hasta el tope.*

A pesar de su cinismo, Hendrick paladea los halagos: para algo han servido el esfuerzo y la conducta intachable. Como epílogo, sus predicciones se confirman: recibe el premio al mejor alumno de su generación y, *honoris honorum*, la prolongación de la beca hasta que termine su tesis. *Les interesan mis ideas.* Tantas satisfacciones se convierten, de repente, en felicidad. Abraza a sus maestros. Ya no le parecen ridículos birretes y togas... ni el mundo tan tremendamente insustancial.

De buenas a primeras, Veba se vuelve indispensable. Él, encerrado en la recámara, no tiene un segundo que perder. Golpea el suelo, alertándola. Cinco minutos después emerge, como un dios olímpico. Atrás quedan la pila de libros, apuntes, hojas arrugadas. La comida debe estar lista; la mesa puesta.

Se sienta y ella sirve ensaladas, fruta, emparedados. Le prepara el baño: sales aromáticas, toalla caliente. Mientras él se enjabona, Veba aprovecha el tiempo. Tiende la cama; sacude, cuidando de no perturbar el desorden sistemático que reina sobre el escritorio. A ratos se convierte en perro guardián. Descuelga el teléfono antes de que suene dos veces; atiende la puerta. El señor trabaja. No, yo no lo molesto. Tú disculpa. Perdón.

Hendrick le compra ropa. Con su nueva indumentaria, la criada va al supermercado por la noche, cuando la tienda está a punto de cerrar. Hay menos personas y, en las calles, los policías brillan por su ausencia. A tales horas, nadie investiga si una negra trae papeles migratorios en la bolsa.

La sirvienta escoge víveres extraños a precios exorbitantes, pero la beca alcanza para tales lujos. Aunque el amo verifica las compras, no tiene idea de cómo preparar aquellas verduras, ni qué condimentos realzan su sabor. Se encoge de hombros. Ante su indolencia, la cocina se transforma en laboratorio. Aromas desconocidos para el mandamás escapan de las cacerolas. Veba constata la sazón lamiendo la cuchara. Ese método, que al principio asquea a Hendrick, al final le resulta tolerable. *A todo se acostumbra uno.* Por curiosidad, prueba los platillos. Automáticamente los rechaza; luego les encuentra el gusto y los incorpora a su menú. En comparación, hasta considera el *sauerkraut* insípido.

Quizá aquellos meses sean los mejores de su vida. Se siente a sus anchas: la tesis marcha a pasos agigantados. Libre de las engorrosas tareas domésticas, vagabundea elaborando capítulos en la mente.

Recupera la afición por el teatro. Desde la butaca forma parte de un universo prestado donde olvida la presión de las fechas límite. Vuelve a dormir ocho horas. Levanta pesas. Bajo la ducha, canta arias de Wagner. *Mi afición permanece inalterable, Tanhaüser todavía me parece sensacional.*

La criada adquiere un derecho: entra en la recámara cuando Buchheim está ahí. Su pasaporte consiste en un café con dos cucharitas de leche en polvo y una de azúcar. Invade el espacio sacrosanto; lo impregna con olor a loción, *¡mi loción!*, pero ya no enoja al señor. Veba se ha vuelto un objeto útil, tremendamente práctico. *En realidad, hemos progresado.* No cambiaría ese bienestar por nada.

La noche en que pone punto final a su trabajo, abre la puerta de la casa y contempla la calle. Sus pupilas ascienden hasta el cielo… casi palpa el silencio. Al analizar su paz interna, comprende que ha recobrado el concepto que antes tenía de sí mismo y le encanta lo que percibe. *Merezco un premio.*

Silbando, saca el coñac que guarda para las grandes ocasiones. *Esta botella me ha durado cuatro años.* Lo vierte en una copa. La acerca a la nariz y aspira el perfume del licor. Enciende un cigarrillo. Copa en mano, regresa a la puerta para admirar las estrellas. La quietud permea su alma.

Durante un minuto entero capta la belleza nocturna. Sorbe, concentrando sus sentidos en el aguardiente. Hace otra pausa. Aspira; exhala el humo. *Juré no fumar*, recuerda, sin que le apure en lo más mínimo esa claudicación. Lava la copa y, antes de ponerla en su sitio, aprecia la transparencia del cristal. Al fin toma una decisión: *bajaré al sótano.*

La encuentra recostada sobre el camastro, hojeando "Burda". *¿La sacó del basurero de algún vecino?* Porque no se hubiera atrevido a gastar el dinero del patrón en algo propio.

Cruzan una mirada y eso basta. Veba permanece inmóvil. A la expectativa. Su actitud altera los nervios de Hendrick. *A estas alturas debería entender que no quiero hacerle daño.* Entonces, revive una imagen: ella, a gatas; escucha un sonido, la queja angustiosa ululando por el cuarto. Huye de esos recuerdo y la observa ante él, *tan quieta, tan ausente.* A la expectativa. Sin quitarle los ojos de encima, Hendrick se desnuda. Muestra el torso musculoso, la erección. Despacio, alza el vestido. *Te estoy dando tiempo. Si no te gusta, recházame.* Ella abre las piernas.

Calcula: *¿apago la luz?* La deja encendida. *Nunca trae nada abajo.* La penetra, estudiando el rostro. *Ni una mueca, como si no me sintiera.* "Burda", entre ambos, los separa. Al fin, la criada cierra los ojos, se permite un gesto. *¿La lastimo?* No desea lastimarla. Prolonga el coito hasta que lo mira. *Por una mirada, un mundo...* Mientras Hendrick se iza unos centímetros, Veba arroja la revista al suelo; le rodea la espalda con los brazos. A través del vestido, sus pechos duros lo rozan. Basta para que eyacule.

Suspira al apoyar la cabeza en el hueco del hombro oscuro, terso. Aparta la manga y besa la piel. Sus cuerpos generan una tibieza que se convierte en calor. Sudan al estrecharse. *Por un beso... yo no sé que te diera por un beso.*

Tras unos minutos, se viste. Concluye cerrando la bragueta del pantalón, ese movimiento de supremacía que tanto le agrada. Asciende los escalones. Su recámara lo acoge. Se siente tranquilo en ese espacio que no comparte con nadie. *Le regalaré algo*, determina. Lo más sencillo: dinero.

A la mañana siguiente, extiende los billetes sobre la mesa de la cocina. Aquello es una transacción. *Das, pago.* Únicamente eso. Recoge el portafolio, pero no las galletas. Regresará temprano.

Sale. La frescura del rocío llena sus pulmones provocando un milagro. Se considera puro, absuelto de culpas. *Hoy es el gran día.* Entregará la tesis al asesor; una vez cumplidos los cien o mil requisitos burocráticos, fijarán la fecha para el examen de oposición. *Magnífico.* No vacila: tiene ese *Magna Cum Laude* en la bolsa. ¿Summa Cum Laude? *Quizá.*

Los desfogues se vuelven frecuentes. La práctica sexual los lleva a un entendimiento: *mayor cooperación, mejor paga.* Aún así, en aquella relación persiste un ángulo grato. Él ya no sofoca su necesidad física levantando pesas. Ella compra. Atiborra el sótano de vestidos, perfume, collares, aretes... y tales chucherías modifican su estado de ánimo. A veces tararea mientras friega el suelo. *Desde luego, no ahorra un centavo*, deduce Hendrick. Lo cual le importa un rábano. *No cometeré la estupidez de regañarla. Modificaría nuestro equilibrio... tan cómodo, tan excepcionalmente plácido.* Sin discusiones, ni negativas. *Das, pago.* Sin reproches, súplicas o disculpas. *Pago, das.*

Cuando yo quiera. A medianoche, en vez de masturbarse. *Como yo quiera.* Él marca la posición, el método. Ella acepta todo, aun lo que algunas mojigatas rechazarían. Le agradece semejante complacencia. *Me fastidiarían sus requisitos, por mínimos que fueran*, pues odiaría corresponder en la misma forma. *¿Yo? ¿Esperar a que ella tenga un orgasmo? ¡Por favor! Si quieres, te apuras, nena.* Bajo tal régimen, disfrutan la fiesta en paz.

Porque le sobra tiempo, reanuda su vida social. Algunas de sus condiscípulas no vuelven a dirigirle la palabra, aunque el suicidio de Karlotta empieza a olvidarse; muchas, al contrario, lo buscan. Así que, ante una oferta mayor que la demanda, selecciona a una chica para ir al cine, una segunda para conciertos o teatro. Distribuyéndolas, evita los compromisos. *Además, ninguna es indispensable.* Cena solo, sin la monserga de sostener una plática. Pasa horas leyendo en el parque. Asiste a conferencias sobre matemáticas, muy por encima del común de los mortales y, a veces, bebe una cerveza en la taberna de moda. *Una novia echaría a perder esta deliciosa libertad.* Por otra parte, si deseara acostarse con alguna, su pareja le exigiría un certificado médico para comprobar que no tiene... *SIDA.* Se queda frío. Deletrea la palabra: *S-I-D-A. Veba viene de África.* Demonios, ¿dónde coños tiene la cabeza? *El continente diezmado por el Síndrome de Deficiencia Inmunológica. ¿Conque eyaculando a tus anchas mientras te contagian una enfermedad mortal? ¡Felicidades! Me debería colgar de los testículos.* Se pasa las manos por las sienes. Calcula fechas. *Si me trasmitió el virus... saldrá en los análisis de sangre.* La universidad proporciona un servicio gratuito. *¡No iré a la universidad para que todos se enteren! ¿Todos? ¿Los ojos del mundo están sobre ti, Buchheim?*

Muerto de vergüenza por su estupidez, *¡ni un retrasado mental actúa como yo!*, va a una clínica en la parte norte de la ciudad. Revisa a los asistentes, *nadie conocido.* Cuando llega su turno, respira hondo. Entra a un cubículo. Se sienta en el banquillo y observa a la enfermera tomar la jeringa, colocar la aguja... Un sudor helado le recorre la nuca, bajando hasta la rabadilla. Hace un esfuerzo por serenarse. *No pasa nada... calma... no pasa nada.* Oprime el puño. Hay personas a quienes las pone muy nerviosas ver sangre, comenta la enfermera. No mire para este lado. Distráigase contando borregos. El comentario *imbécil* le arranca una sonrisa. Creí que contar borregos era una receta contra el insomnio. Bueno, le coquetea, si sirve, ¿qué importa?

Pasan unos segundos. Suda frío. Aprieta la mandíbula al mismo tiempo que intenta relajarse, no piensa. *Nada de retrocesos mentales.* Listo, anuncia la chica. ¡Vaya!, exhala, eufórico, ¡no me dolió! Le tiende la mano; se despiden como si fueran grandes amigos.

Por contraste, vive un infierno de cuarenta y ocho horas. Regresa a la clínica. Cuando le dan el resultado se mofa de sus temores. Está limpio. Sano. Relee el dictamen. *Veba querida, queridísima.* No exageres, muchacho. Atrás queda la tortura emotiva: supuestos, teorías, estimaciones, planes emergentes, desesperación, arrepentimiento. ¡Diablos! Quiere abrazar a la enfermera, darle una propina al portero. *Liebling Veba!* No hay peligro; *¡nunca hubo ni el más pequeño, ni un pequeñísimo riesgo!* Su excitación se desata. ¿Dónde hay un baño, señorita? Al fondo, a la izquierda. Mientras orina, siente que el pene, las manos, su cuerpo entero, vuelven a pertenecerle. *¡Sigo vivo!* Puede repetir el coito con la mayor tranquilidad, fornicar a su antojo, siempre y cuando encierre a Veba bajo llave porque, *si se acuesta con otro, me jode.* Ahora que comprueba que está sana, la negra adquiere un nuevo valor.

Todo sale a pedir de boca. Obtiene su título, *Magna Cum Laude,* y lo contratan en una compañía internacional con un sueldo fabuloso. Si no le pareciera ridículo, se felicitaría palmeándose la espalda. En ocasiones, la vida resulta maravillosamente fácil.

Esa tarde, después del orgasmo, fuma. Mientras contempla las volutas ascender hacia el techo, idea cambios radicales: *me mudaré a un apartamento moderno, amplio, en una zona elegante, cerca de mi trabajo; compraré auto, ropa a montones...* Exhala; luego sonríe.

Se vuelve. La presencia de la negra, en el camastro, lo sorprende un poco. *Si ya terminamos, debería irse. ¿No tiene nada que hacer?* La enfoca. *Está menos flaca.* Mucho menos flaca. Se incorpora para estudiarla con detenimiento. En su cerebro, en el rincón más profundo, suena una alarma. Quizá intuye el hecho, aunque se resiste a aceptarlo. De pronto, Veba posa su mano sobre el vientre. Un solo instante. Sin embargo, ese movimiento irresoluto, temeroso, la descubre. *¿Embarazada?* Fija las pupilas en esa mujer. Se estremece. *Sus ojos reflejan un pavor animal.*

¡Santo Dios! ¿La embaracé? Por tal motivo permanecía ahí, buscando la manera de darle la noticia. *¿Yo? ¿Yo la embaracé? Pues, ¿qué esperaba? ¿Que una hotentote usara métodos anticonceptivos? ¡Dios bendito, la mitad de la población mundial conoce "la píldora" desde hace cincuenta años!* Veba no. Y a él, tan civilizado, no se le ocurrió tomar precauciones. *¡Pendejo! ¡Un simple condón evita estas cosas!*

Se pasa la mano por el cabello. *No es posible, ¡voy de crisis en crisis! Con otras siempre me cuidé... o se cuidaban...* Perdónate, Hendrick. *Razono como idiota: podría... pude...* Acéptalo, es de humanos errar. *Con ésta... no creí que sucediera...* Como si no fueran de la misma especie y la reproducción entre ambos resultara imposible.

La capta de nuevo. Absorbe la piel oscura, nariz, labios, el semen sobre los muslos. No sabe cuándo, la frustración lo ahoga. *¿Por qué coños tenía que meterme con ésta?* En unos segundos su rabia se desbocará. *Lo hizo a propósito. Para amarrarme.* No le cabe la menor duda. Sin embargo, él secundó aquella estratagema: *caí en su trampa, redondito.* Busca un escape. *Soy una rata corriendo por un laberinto.* Y no encuentra la salida. *No hay salida. Al fin...*

¿Yo? ¿Yo la embaracé? Me voy a las ocho y ella se queda sola todo el santo día. Diez negros pueden entrar y salir de este apartamento sin que nadie les diga nada. El plan perfecto. Me endilga al producto y asunto arreglado. ¡Que el pendejo se haga cargo de lo demás!

Su desesperación sugiere una alternativa. ADN. Un segundo, ni siquiera transcurre un segundo, y la rechaza. *Primero me corto un huevo a llevarla a un laboratorio. Ese simple hecho implicaría que admito una relación entre ella y yo.* Por si fuera poco, en el fondo de su alma anida una certeza: *ese niño, feto, engendro, embrión o célula, es mío.*

Desea echarla a patadas. Pero, si la toca, la matará a golpes. *Ella ya me propinó uno, un golpe asqueroso.* Bajó la guardia porque confiaba en Veba y... *así me paga.* Se compadece por su estúpida ingenuidad y quisiera... *quisiera estrangularla. Con esta traición destruyó mi... ¿paraíso? ¡Dios, no exageres!* Destruyó la vida que él anhelaba y tenía en sus manos *hasta hace cinco minutos.* Entonces se consideraba el más afortunado de los mortales y ahora... *mierda. ¿Por qué malditos coños me pasa esto a mí? Retrasado mental. Culero. Arschloch.*

Tampoco se atreve a echarla. Si lo acusa de violación... *Con el antecedente de Karlotta, creerán cada una de sus palabras.* En el mejor de los casos, lo tacharían de misógino. Racista. *En el peor, la cárcel.* Una equivocación, pasa; dos serían demasiadas. *La obligaré a abortar... ¿aunque tal hecho signifique la aceptación de tu paternidad? Si no me atañe, ¿con qué derecho me inmiscuyo?* Una negra preñada... *¡Que se regrese a su país, donde nadie nota a un hambriento de más o de menos!* Se oprime las sienes. *¡Sueño! Se incrustará aquí, en Europa, para siempre.* Siente claustrofobia. Necesita moverse. *Pues que el gobierno la ayude, porque yo... ¡Ni drogado!*

Con el pie, empuja a Veba. *Lárgate.* A zancadas cruza el sótano. *Encontraré la respuesta; sólo necesito calmarme.* Recuerda unas coplas que mencionan traiciones y borracheras. La melodía lo lleva a compadecerse nuevamente de su estupidez. *Me encantaría borrar a Veba. Que no exista.* Camina de un lado a otro. *Imbécil, destruiste mi futuro.* Repite la pregunta: ¿por qué? *¿Por qué malditos coños me pasa esto a mí?* La respuesta es inmediata: *porque no pienso antes de actuar, las circunstancias escapan a mi control, ¡y yo ni siquiera muevo un dedo!*

Sube al vestíbulo. Abre con violencia un armario; encuentra el coñac, lo destapa. Bebe dos tragos. *Analicemos este dilema.* En el preciso momento en que cedió el paso a una ilegal, rompió las reglas. *¡Debí delatarla, entregarla a la policía!* Si tal denuncia iniciaba el proceso de extradición, no era culpa suya. Él, simplemente, obedecía la Ley (con mayúscula). *Si resulta cruel o inhumana, que la modifiquen. Yo debí lavarme las manos.* Por lo pronto, se bañará para quitarse el olor de Veba.

Sus reflexiones lo persiguen en el Metro, frente a la computadora, cuando habla con sus subalternos, mientras come, defeca, duerme. Todos suponen que actúa con igual eficiencia; él sabe que es mentira. *Cometí un error imperdonable: nunca debí franquearle el paso.* Ya había escuchado historias sobre los ilegales. *Los calificativos iban desde malagradecidos hasta aprovechados, con todas las variaciones posibles.* Los periódicos advertían al público: imposible ayudarlos, muerden la mano que se les tiende. *Pero no hice ningún caso. Por eso me jodí.*

Una tarde olvida a dónde se dirige y termina sentado en una banca. Los gritos infantiles lo sacan de esa abstracción, al mismo tiempo que una pelota rueda a sus pies. Enfoca la mirada. Le causa sobresalto reconocer el entorno, ese parque a varias calles de su apartamento. *Lo cual implica que, si no hallo una solución, "el problema", ahora entre comillas, acabará por volverme loco. Tomo pastillas para dormir; una más para despabilarme. ¡Y ella a sus* anchas, engordando a ojos vistas! *No puedo seguir así. De una vez por todas, pondré los puntos sobre las íes.* No obstante, como en otras ocasiones, evita un enfrentamiento.

Para mantenerse cuerdo, divide su vida. A solas se permite frustraciones, majaderías, berrinches; en la oficina, concentra su mente en el trabajo. Durante ocho horas nada lo inmuta, ni dolores de cabeza, ni pérdida de peso. *Este plan me cuesta un esfuerzo constante, pero funciona. Y yo tengo los cojones para llevarlo a cabo.*

Su jefe le entrega un pase para el restaurante de la Compañía, con magnífica vista y servicio excepcional. Ahora tiene derecho a las prerrogativas de un alto ejecutivo... *cuando apenas me contrataron hace cuatro meses.*

En lo íntimo, las cosas se deterioran. *¡Olvidé el cumpleaños de mi madre!* Imagina la escena: quejas disfrazadas, el tono lleno de amargura: *gracias por telefonearme, hijo, aunque no sea en la fecha precisa. No, no importa. Jamás me he fijado en detalles. Pasé un día agradable. Tu tío me invitó a almorzar. De regreso, nos sentamos cerca del teléfono, por si llamabas... aunque comprendo muy bien que estés ocupado. Te has vuelto importante, Hendrick. Y yo sintiéndome un gusano...*

Tratando de reparar su falta, *otra falta, pues la primera fue admitir a una negra en mi casa,* se le ocurre una idea poco original. *Le enviaré chocolates, con una tarjetita pidiendo disculpas.* El regalo servirá de poco; no obstante, ni su inventiva, ni su paciencia, dan para más.

La división entre esos dos espacios, el privado y el público, aumenta. Se convierte en habitué del restaurante para ejecutivos. Ya no se inquieta cuando el maitre le presenta la carta de vinos; al contrario, permite que el empleado lo ayude a seleccionar la botella adecuada, en tanto un mesero sirve panecillos y mantequilla. Aprende pronto, pues sabe que los modales correctos, aunados a snobismos de gourmet, trajes impecables y un fino sentido del humor, le abrirán muchas puertas. Además, la adaptación a ese medio no implica esfuerzos exhaustivos. Le parece una delicia *que el mesero recoja los platos, limpie las migajas, me encienda un cigarrillo*, mientras él charla con su jefe. Las atenciones de Veba, *antes tan apreciadas*, disminuyen de valor.

El tiempo avanza mientras el vientre conquista un espacio redondo bajo la falda. No obstante, Hendrick se desentiende. No ve. No oye. No habla con ella. *Que se las arregle como pueda.*

Cada mañana, el wunderkind, escapa a un mundo de líneas rectas donde reinan vidrio, aluminio y granito y la imperfección está prohibida. Al entrar en el modernísimo rascacielos de la Compañía, sonríe. Ni una brizna de polvo perturba ese edificio eficiente y silencioso.

Sube al piso veinte. Avanza por la alfombra de pared a pared. Lo saluda la recepcionista; después su secretaria, con la deferencia que merecen los líderes. Herr Doktor Buchheim. *Suena magnífico.* Desde el ventanal de su oficina, domina la ciudad: *a mis pies.* Su sonrisa se acentúa. Aquí controla la situación. No se trata de algo ilusorio. Es el niño mimado, el innovador de quien esperan grandes hazañas.

Después de vencer retos, solucionar incógnitas, sanear la política y predecir el rumbo que tomará la economía nacional, regresa al apartamento. A la mediocridad cotidiana. Su oficina, aquel conglomerado de acero y cristal, contratos millonarios y decisiones trascendentales, se esfuma, al igual que la satisfacción y la sonrisa. *Como si nunca hubieran existido.* Le cuesta creer que la Compañía esté al otro lado de la ciudad, que al día siguiente irá al mismo edificio, donde su secretaria lo aguarda. Herr Doktor Buchheim! ¿Le ofrezco algo? ¿Un café?

En el umbral de su dulce hogar se detiene. Sus pies no lo obedecen. Los obliga a entrar. Entonces, un peso agobiador le cae sobre las espaldas: ve la hinchazón bajo el vestido. Veba no le pidió permiso, ni lo consultó. *¡Se embaraza y me endilga una responsabilidad eterna! Veinte, veinticinco años educando a un bastardo...* Ya nadie usa ese término. *Un mulato, coño, ¡un mulato! ¿Hay alguna manera de evadir tamaña responsabilidad? Bastaría con que yo exigiera una prueba del ADN. Podría ir sola...* ¿Una ilegal tiene derecho a exámenes médicos gratuitos? *Demonios, ¡que aprenda a valerse por sí misma!*

¿Qué me pasa? Jodió a una negra. *¡Sin anticonceptivos, sin un pinche condón!* Repite los reproches, una, otra y otra vez. *Aceptémoslo.* Vuelve a pasarse la mano por los cabellos. Vuelve a caminar por la habitación. Se siente impotente, indefenso. *Me expuse al SIDA y por mera casualidad aquí sigo, vivito y coleando. Sin embargo, no aprendí la lección. ¡Me relleva!* Está dispuesto a pagar por su desliz: *le regalaré una buena cantidad para que se largue.* Quizá hasta la mantendría durante unos meses, mientras encuentra trabajo. *O la ayudaré a legalizar su estancia en el país.* Cualquier opción le parece aceptable.

Aturdido, escapa hacia la calle. Tras unos minutos regresa a la ratonera, *mi apartamento, ¡mi propio apartamento!* Irrumpe en su habitación. *No puedo más.* Se echa sobre la cama. *No puedo más.* Coge un papel. Lo observa con fijeza. Aquella hoja le ofrece una opción. Escribe: aborta. Lee las letras grandes, de molde. Aborta. *Más claro, ni el agua. Debe obedecerme. Si necesita más dinero, que pida... haría el gran negocio.* Pone la hoja en un sobre, calcula el costo, mete los billetes. Lo cierra. *Asunto concluido.*

Asunto pendiente. *¿Sabe leer?* Medio habla alemán, pero... ¡lee? *Bueno, cuando la recibí me entregó un recado: casa y comida a cambio de servicio... o algo semejante...* ¿Dónde quedó? Abre dos cajones; impaciente, se encoge de hombros. *Ese maldito papel no tiene ninguna importancia. Seguro lo eché a la basura hace meses... Uno de sus compinches debió escribirlo y Veba me lo dio como su pasaporte de entrada... ¡para invadirme! Pues que ahora le lleve mi mensaje al tal "letrado". Él le explicará qué debe hacer... ¡cuanto antes! ¡To-*

davía hay tiempo? *Tiene cuatro o cinco meses de embarazo.* Aquí *sería demasiado tarde. Allá las cosas son diferentes. En su pueblo, las comadronas resuelven el problema con hierbas. Una poción, algunas horas de malestares y ya. La paciente sale caminando, tan quitada de la pena...* Ajá. Así que Hendrick, el ciudadano modelo, no sólo propone, ¡paga un aborto clandestino! Tu mamá estaría encantada. Hasta te aplaudiría.

En su mente surgen varios obstáculos: *infección mayúscula, perforación del útero, esterilidad... muerte.* Un momento, ¿*por qué discurre lo peor? Veba es joven, saludable, resistente...* Se pasa la mano por los cabellos. *¿Dónde hay cigarros?* Tentalea sus bolsillos, aun sabiendo que no encontrará nada. *Coño, si me hubiera dado cuenta antes... mucho antes... con "la píldora del día después" se acaba este lío. Perdí un tiempo precioso.* Se califica de bruto, ¡imbécil! Una reflexión interrumpe las injurias: *en las sociedades primitivas, la maternidad es sagrada.* Recuerda las fotografías de un National Geographisch: negras amamantando bajo un sol ardiente, apoyando la espalda contra una choza, el bebé ahíto, la leche escurriendo de los senos... y el orgullo pintado en la cara de la mujer. *En ese momento no se cambiaría por nadie.* Entonces, si el aborto está descartado, no hay propuestas viables. ¿Se cruzará de brazos? *No, yo cumplo con darle opciones. Que ella escoja la más conveniente.*

Coloca el sobre cerca del fregadero y se encierra en su recámara. *Cuando hay voluntad, el dinero destruye cualquier barrera.* Hendrich escucha. No oye el menor ruido. *¿Salió? Nunca sale a estas horas.* Al regresar, quizás baje inmediatamente al sótano. *Y yo pasaré una noche de insomnio cavilando en lo mismo.* Idénticas conclusiones. Idéntico agobio. *Me volveré loco.* No dramatices. *¡Coño, me volveré loco!* Abre la puerta, comprueba que no hay nadie, agarra el sobre, baja las escaleras y se posesiona del cuarto de Veba.

Por un momento la intimidad de la criada lo golpea en plena cara. Las sábanas multicolores, el vestido, una revista abierta en la sección de cocina... *Quizá sepa leer... ¿o se conforma con ver lo que llama su atención?* Hasta las flores, desde el jarrón, lo irritan. Se siente acosado. Retrocede. Por encima de aquellas sensaciones, *ocupó su espacio, aplastó su privacidad.* Capta un aroma inconfundible... *oscuro, como ella...* Amalgama de olores que forman uno nuevo: primero, intenso; después, indescifrable.

Duda... *¿Dónde diablos coloco el maldito dinero? ¿En la almohada?* Ahí se besaron. Revive la escena: roza su nariz con la suya y ella ríe, enseñando los dientes parejos y blancos. *Propicié esos juegos tontos, ¿de enamorados?, le di confianza... y creyó que podía hacer conmigo lo que le viniera en gana.*

¿Dónde lo pongo? Titubea frente a la cama. *Le permití seducirme. Al principio me resistí a perder el control sobre ella,* sobre él mismo, pero el placer era un abismo sin fondo y al final se dejaba ir. Quedaba inerme, cubierto en sudor. Entonces la atrapaba entre sus brazos porque le parecía imposible una separación abrupta. Después... ¿cuánto tiempo? Después... *Veba iba al baño; yo encendía un cigarrillo.* La primera exhalación le provocaba un deleite sensual casi insoportable. *Mis sentidos, a flor de piel, sólo necesitaban un pequeño detonante para explotar.* Hasta el lecho llegaba la canción que Veba tarareaba. Él no comprendía ni una palabra. Sin embargo, lo atraía ese ritmo primitivo. *Estabas a unos pasos y... tan cerca, te sentía lejana.* De repente escuchaba un ruido familiar: el agua llenando la tina. Ahora se bañaba en su tina, descartando la cubeta y la palangana de antaño. Fumando, deducía: *rompí su reserva. Le gusta hacer el amor conmigo, de otra manera no cantaría.* La posee más allá del encuentro sexual. Semejante certeza, aun en el recuerdo, le causa un orgullo primario y una leve inquietud, allá, muy en el fondo, una leve inquietud... que aumenta con cada encuentro.

La busco. Regreso a ella. ¿Correspondo a su entrega? En verdad, ¿se entrega? No importa. Lo importante es que no se le hayan subido los humos. *Continúa dócil, cumpliendo mis antojos.*

Vuelve al presente. *Jamás me preocuparon sus sentimientos, ni cómo la afectaba nuestra relación. Todo giraba en torno mío. Yo era el centro. Por lo tanto... mis reacciones actuales varían. Ahora pienso en ella, en el feto.* ¿Te has vuelto un papá responsable, Hendrick? *La paternidad es un concepto moderno. Antes los machos regaban hijos y ni siquiera se preocupaban por su sustento. Ahora...* propicias un aborto.

Recorre la habitación. Al fin decide: *sobre la revista.* Ahí pondrá el sobre. *Veba terminará de leer el artículo... o de ver las fotos.* Y descubrirá su recado. *Aborta,* exige con los labios rígidos. *Aborta y sigamos con lo nuestro. Con lo mío,* rectifica. *Con mi vida.*

Durante dos o tres semanas la espía. Calcula cuánto medirá su cintura. *Hace tiempo no usa jeans.* Disimula la preñez tras los vestidos holgados, originarios de la India. Aún así, el vientre impone su presencia. *Aborta,* ordena, pide, ruega. *Aborta.* La súplica le cierra la garganta: terminará por asfixiarlo. *¿Por qué no me obedece?* ¡Desde luego leyó el recado! No obstante, lo desafía. Y él... ¿está en posición de remediar aquella catástrofe? ¿La arrastrará por la calle hasta el hospital más próximo, exigiendo que se deshaga de la criatura? No entiende esa actitud. *¿Para qué quiere un hijo?* Veba no tiene dinero; su precaria seguridad, el apartamento y la protección de Hendrick peligran. Podrían esfumarse en un santiamén. Basta con que Herr Buchheim decida... *¿Qué? ¿Qué decido? Ya sugerí lo único sensato. Si ella no acepta... deberá arreglárselas como pueda. Y, si no puede, muy su gusto.* Le está dando una solución al problema. *¡Pero Veba no piensa!* Actúa por instinto. ¿Igual que él cuando se acostó con una criada? Por esa razón surgió el problema. EL PROBLEMA. Ya no lo resiste. Y sigue adelante. *Hace días y más días que no soporto la presión. A* pesar de todo, trabaja, come, duerme… sí, hasta duerme algunas horas. *Necesito confiar en alguien. ¿Pedirá un consejo? Hablaré… una breve catarsis, de igual a igual.*

Enumera las posibilidades de entablar un diálogo. No tiene muchos amigos. Cada vez los frecuenta menos y… *no llegaré, con cara de idiota, a confesarles que metí la pata… ¡hasta la rodilla! ¿Sus amigas? Para ir al cine, en plan social.* Algunas, lo apostaría, se morirían de risa si les cuenta aquel embrollo. ¿Su madre? ¿Quién mejor que una madre para consolar al hijo desvalido? *Ya me imagino la escena,* ironiza con amargura. *Frau Helga Buchheim descuelga el teléfono. Pasa media hora tratando de comprender lo incomprensible. Su adorado Hendrick, el muchachito precoz de rizos rubios, coleccionador de diplomas y altas calificaciones, le sale con un domingo siete. ¡Dios mío! ¿Qué hiciste?, preguntará en su mente, sin articular una sílaba. Al final, con voz ronca: ¿embarazaste a una negra? Las palabras retumban en mi cerebro de economista brillante. Me considero un imbécil. Me insulto de nuevo. Otra vez… No interrumpo el torrente de reproches; los mejoro y perfecciono. Al cabo de varios minutos, me rebajo al nivel de un crío que aún no destetan: ¿qué hago, madre?*

Helga no propondrá un aborto. Su religión lo prohíbe. Desde niña profesa una fe familiar, enraizada en Navidades alrededor de un pino con velitas encendidas, matrimonio en el templo, ante el pastor, bautizos, exequias fúnebres… No se le ocurriría separar actos de creencias. Es demasiado honesta para efectuar esta escisión que muchos juzgan "normal". *Va a carraspear: si no hay más remedio, hijo, cumple con tu obligación.*

Traduciré: castígate. Purga tu falta, tu imprevisión, el placer que sentiste. Que no debí sentir. Que sentí. De pronto entiendo ciertas penitencias: azotes, ayuno, la laceración de los genitales con espinas, la auto castración. No basta el arrepentimiento. Debo arremeter contra mi cuerpo para encontrar paz espiritual; quizá la indulgencia divina;

mejor todavía, mi propia absolución. ¡Ojalá fuera tan sencillo! Nunca me perdonaré esto. Cometí la mayor estupidez... vulgar, común... La trampa en la que todos caen, siglo tras siglo.

Tardaré unos segundos en percibir el silencio. Silencio que hiere de tan agudo. Mi madre, cansada de esperar una réplica, se despedirá. La desilusionaré al máximo. Nada reparará el daño, ni las visitas relámpago cuando tenga un día libre, ni el dinero que le envío para pequeños lujos: televisión de pantalla panorámica, cobertor eléctrico, mecedora. Jamás hemos estado demasiado unidos... Ahora, mi insensatez terminará por separarnos. Mi madre se aislará, refugiándose en su casa, esas cuatro paredes que encierran sus recuerdos. A partir de ese momento, calculará el momento preciso para podar el jardín, justo cuando la vecina vaya al mercado. Adiós a las confidencias bajo los sombreros de paja que las protegían del sol. Ni por casualidad me mencionará. Ya no se vanagloriará del hijo prodigio. El más joven de su clase. A su edad, ya superó a mi marido. Gana... aunque lo duden, eso gana Hendrick. Tampoco platicará, a la salida de la iglesia, con el pastor o los feligreses, pues le costaría un esfuerzo inaudito ocultar la verdad, vigilando cada una de sus frases. Elegirá la discreción. El ostracismo.

Ni siquiera confiará esta vergüenza a mi tío... No resistiría una opinión despectiva; mucho menos una compasión respetuosa. Si mi tío le acariciara la mano, para demostrarle su cariño, ella, con la cara roja por el bochorno, fijará la vista en el suelo... inmóvil... como Veba.

Tarda en salir de su abstracción. Tras varios minutos, suspira. *No tengo derecho a descargar tanta angustia en una pobre viuda sin grandes afectos e incapaz de ayudarme. Si me confieso... si inicio una plática difícil, en que ambos nos sentiremos tremendamente incómodos, destruiré la imagen del hijo excepcional, única luz de su vida opaca. Y yo no recibiría nada en compensación: ni consuelo, ni apoyo. Mi sinceridad egoísta no obtendría un premio.*

Camina unos pasos por la habitación. Se peina los cabellos y continúa desglosando posibilidades: *si mamá no vuelve a pronunciar mi nombre, primero despertará extrañeza entre nuestros cono-*

cidos; luego, olvido. Tras largas elucubraciones (¿qué habrá pasado con Hendrick? Es inútil preguntárselo a Helga; cambia la conversación al instante, como si le molestara), mis hazañas perderán brillo. ¿Te importa? Pues... Resulta halagador que amigos y familiares me admiren. Si se enteran de lo sucedido, esa admiración se convertirá en desprecio o burla o ambas cosas. Ya no recibiré saludos efusivos. El pueblo entre montañas, junto a un río apacible y azul, buscará un nuevo héroe.

En ningún momento calculó que involucraría a Helga en tamaño enredo. Con el orgullo por los suelos, sin la coraza que le ha servido de sostén, su madre se desmoronaría. *No quiero enfrentarme a las consecuencias de una revelación inútil. Mejor guardo estas confidencias para después... aunque hasta el secreto más oculto sale a flote por una u otra circunstancia.* Camina cuatro pasos, hasta el extremo del cuarto. Gira. Retorna.

¿No existe una salida? ¿Acaso pensabas lucir a Veba y al niño, mulato y bastardo, ante tus vecinos? *¿ No pensé en nada, menos en una entrada triunfal.* Se detiene. Imagina a Helga, ante el televisor, tejiendo. *¿Qué la afectará más... un nieto fuera del matrimonio... o mi relación con una negra?*

Reafirma su decisión: *no perderé a mi madre, ni a mis amigos de la adolescencia, por un telefonema.* Adiós al diálogo, a abrir el corazón aunque sea por un instante. *Me salvé en una tablita de trastornar a esos pueblerinos. Pero si sigo actuando sin reflexionar, por arrebatos, destruiré mi entorno.* En conclusión, aunque volviera a su antiguo hogar, *aunque le explicara a mi madre el contexto de mi insensatez, jamás lo comprendería.* Está más solo que antes. *Estoy totalmente solo.*

Demasiado tarde para un aborto. Lo adivinó desde un principio y, sin embargo, fingió que la posibilidad existía. *Era más fácil echarle esa decisión a Veba y, mucho más, no hacer indagaciones.* ¿Qué pasó con el dinero? Ni siquiera pregunta.

Una vez descartada la única alternativa, admite el embarazo. Con esa claudicación forzosa, a regañadientes, recobra una calma extraña: la de los condenados sin posibilidad de rescate.

En sus horas libres, hojea un panfleto sobre la gestación. Compara a Veba con fotos de embarazadas y deduce: *el feto tiene cinco o seis meses.* La fecha límite para un aborto es doce semanas. *Demasiado tarde.* Repitámoslo: siempre lo supo y aparentó ignorancia. *La madre tiene un derecho: ella escoge si da a luz.* Por lo tanto, Hendrick respetó aquel privilegio. *Pertenece a Veba y a nadie más.* Entonces, deja de darle vueltas a esta cuestión, muchacho. No puede. *Una cosa es que el niño viva y otra muy distinta que yo me responsabilice de esa criatura.*

Sus reacciones siguen siendo las mismas: detesta los pleitos que degeneran en llanto e histeria. Por eso, recurre a la sutileza: distribuye folletos por el apartamento que proporcionan los nombres de cinco agencias de adopción. Muestran varias fotografías a colores, de negritos abrazando a niños blancos a la hora del almuerzo o en el patio de una escuela moderna, jugando fútbol. A pesar de tales argucias, al cabo de dos, tres días, encuentra los papeles en el mismo sitio. *Ni se molesta en echarlos a la basura. Sencillamente, no se da por enterada.*

Quizá, si hablaran... Tampoco puede. Le resulta imposible dirigirle la palabra. Un primer paso llevaría al segundo: el análisis de su propia conducta. Aprieta los puños, impotente. *Mi actitud implicaría ceder.* No exageres. ¿Ceder qué? *Mi independencia, el mando... hipotecaría el futuro.*

Siente que la trampa se estrecha. Todavía hay espacio para respirar, aunque al final ese alivio también desaparecerá... cuando la frustración lo aplaste. Aun si se rebela y maltrata a Veba, lanzándole su irresponsabilidad, su traición, su... *sería inútil...* como si pataleara en medio de una rabieta fenomenal. *O como si, al mover mis manos atadas, apretara los nudos con mayor fuerza.* Concluye: *no habrá aborto, ni adopción.*

Las lecciones de biología de la Preparatoria reviven en su mente. *Quizás nunca las olvidé. Los conocimientos duermen hasta que un incidente los alerta.* ¿Cataloga a un hijo como "incidente"?

Ni siquiera las lecturas sobre parto y parturientas alteran sus emociones. Ya no siente rencor hacia Veba. *No planeó esto.* "Esto" ocurrió por azar. *Felicidad... muerte... lo realmente crucial sucede sin nuestra participación consciente, pero lo fortuito no nos libera; al contrario, nos encadena.*

Algunas frases "el milagro de la vida", "satisfacción suprema" le resultan intolerablemente cursis. *Es mi hijo,* insiste, sin que disminuya su apatía. *Es mi hijo...* aun si lo considera ajeno a él, a su universo, a sus metas.

El vientre, de un volumen casi grotesco, entorpece a Veba. Sus movimientos sigilosos quedan para el recuerdo. *Algo temporal,* se consuela Hendrick, *igual que el embarazo.*

No todo es temporal. "Algo" permanecerá, acaso hasta mucho después de su propio fin: *ese niño sin lugar en ninguna parte.* Si lo borrara de un plumazo, como alguna vez deseó borrar a la madre, no habría mayores consecuencias.

De humor variable, a veces lo enoja que Veba tarde en atenderlo; otras, lo irrita verla de rodillas trapeando. Una tarde le arrebata la jerga y, al volverse, tropieza con la cubeta. El agua se derrama, refugiándose entre las ranuras de la madera. La criada invierte una hora en secar el suelo. Cuando se endereza, transpira agotada por el esfuerzo. Para entonces, la compasión del patrón ha disminuido. *¿Cómo reaccionaría si la ayudara? ¿Creerá que acepto su estado... "interesante"?* Prefiere no averiguarlo.

Lo sulfura que la intrusa se duplique. *Ahora son dos. Dos responsabilidades, dos gastos* y, en consecuencia, menos atenciones. También lo enerva la tranquilidad irracional de Veba. *Jamás se planteará esta disyuntiva: yo, su proveedor, o el niño.* Escogería al hijo. Sin la más leve vacilación.

La maternidad revindica a quienes no aportan gran cosa al grupo social. Reproduciéndose justifican su existencia. No cabe el menor titubeo, *si Veba tuviera asegurado el sustento preferiría que me esfumara.* Y falta lo peor: el llanto del recién nacido, los pechos deformes, los pañales sucios. *Etcétera.*

Al fumar, recostado en su cama, reflexiona sobre el mismo tema. *Algunos compran perros o gatos para compensar la falta de hijos. Tal compra es una elección, no un deber. Un animal puede devolverse, cambiarse por otro, venderlo o regalarlo. Un hijo... Vendo bebé barato. V, b, b... Veba, bebé, barato.* ¡Alto, no seas imbécil!

Apaga el cigarrillo; enciende otro. *Con una mascota no existen ataduras. Esta libertad induce al amor. Los señores feudales trataban mejor a sus caballos que a sus siervos. Pero, si un hombre se atreve a rechazar al hijo, la sociedad ataca al egoísta, cruel, sanguinario, depravado, anormal... Después de todo, pone en peligro nuestra supervivencia. ¿Quien, sino un monstruo, rechazaría a su propio engendro? ¿Quién actuaría contra el instinto más poderoso, la propagación de la especie?*

"Si no hay remedio, cumple con tu obligación", diría Helga. *¿Cómo defino "obligación"? ¿Hasta dónde llega, qué denota?* Lo sabe perfectamente. Sus elucubraciones son un medio bastante torpe para prolongar la indecisión, ese limbo donde aún no se responsabiliza de nada. *Deberían esterilizar a quienes no pueden mantener ni educar a sus hijos.* ¡Hail, Buchheim, forjador del Cuarto Reich!

Tiene la decencia de sonrojarse un poco. Él y su familia se consideran muy por encima de prejuicios económicos, raciales y sexuales... ¡Vivan los pobres, los chinos y los negros! ¡Arriba, lesbianas y homosexuales de la Tierra! ¿Liberales? *Mientras se trata de teorías.* En la práctica, si un concepto se sufre en carne propia, *duele más el cuero que la camisa.*

Desfoga su nerviosismo haciendo ejercicio. Corre seis kilómetros antes de ir a la oficina. Durante meses trabaja horas extras, presta ayuda a sus colegas, alarga las sobremesas intentando demostrar que no obstante sus prejuicios, *¡demonios, yo no tengo prejuicios!*, es una buena persona.

Cada vez duerme menos. Pasa noches enteras revolcándose sobre la cama, yendo al baño, tomando gin-seng. Ha probado inhalar valeriana sin éxito. Cuando por fin se tranquiliza, suena el despertador. La falta de sueño lo mantiene en ascuas, en un estado de tensión cercano a la crisis. No logra distraerse. Constantemente vuelve al punto de partida.

Me gustaría hablar con Veba. ¿Cómo empiezo? ¿Cuál es la primera palabra? Si pronunciara la frase correcta tendería un puente entre ambos. *¿Por qué titubea? Porque no la conozco.* Porque, aunque se devanara los sesos, nunca adivinaría las reacciones de esa mujer. *¿Podemos dialogar si no compartimos un estatus social, económico o cultural? Estoy a años luz de Veba.* No juzga esta aseveración como un signo de superioridad. *Sin duda, en su ambiente, yo tampoco reaccionaría como los demás esperan. No sé cazar elefantes...* ni combatir en una guerra de guerrillas, ni vivir en campos de refugiados o caminar tres kilómetros para beber agua. Contaminada, desde luego. Impaciente, corrige: *ése no es el caso.* Él no ha invadido otro país, ni ha roto sus leyes. *Continúo en mi sitio,* donde se mueve como pez en el agua, *contribuyo, ¡y en qué forma!, al progreso de la Patria.* Der Vaterland.

No me devolvió el dinero. El sobre desapareció, lo mismo que los billetes. *¿Compró algo para ella, para el niño? Elegí no hacer preguntas.* Visualiza aquel recado. La palabra escrita: "aborta". *¿Qué pretendo reclamarle? ¿Exigirá cuentas?* La oye llorar. *Ahora llora con frecuencia.* No a gritos, en sollozos entrecortados.

Cesan cuando él abre la puerta del apartamento. La imagina conteniéndose, sofocando el llanto en una almohada. *Minimiza su presencia.* Pero sigue ahí.

Antes no lloraba. El tiempo ha vuelto a partirse. Al principio "antes" significaba la vida sin Veba; hoy, implica un embarazo impuesto. Antes o después de lo irremediable. *Ella también se siente atrapada.* Sus deducciones lo irritan. *¿Veba posee la sensibilidad suficiente para sufrir por esta calamidad?* ¿Calamidad? Parto y nacimiento son dos actos naturales. *Ellos, ¿quiénes?, los negros, los negros famélicos, con un coño, ¡los negros del África Ecuatorial!, aceptan el nacimiento con la misma apatía que la muerte. Las hambrunas, la guerra civil, las enfermedades, insensibilizan a esa gente.* En Europa se considera una tragedia el número de personas que muere en accidentes automovilísticos. *En África, el SIDA arrasa con poblaciones enteras y nadie parpadea. Ni siquiera en el plano individual una criatura resulta valiosa. Si se conciben diez o doce y únicamente sobreviven dos, quizá tres, la madre se encoge de hombros. Menos bocas que alimentar. Los entierros se vuelven costumbre. ¿Entierros? Dejan los cuerpos a la vera del camino. ¿Camino? Los abandonan a su soledad.* Continúa, muchacho. *En los refugios a nadie le asombra, ni le incomoda, una violación, un infanticidio...* Es normal constatar que, durante la noche, el vecino ha muerto. Alguien durmió junto a un cadáver. *¿Y qué? Todos los días sucede.* Los deplazados comen alimañas, víveres putrefactos, pelean y mutilan por un mendrugo. *Pierden la noción de respeto hacia los demás, hacia sí mismos. El concepto sobre la vida se altera.* Por tanto, nadie en su sano juicio exigiría que las reacciones de Veba fueran iguales a las tuyas... *La insensibilidad permite sobrevivir. A ella no la torturan las dudas.* Con la panza llena, duerme a pierna suelta. *Tampoco entiende el significado de arrepentimiento o culpa. Su pasado la inocula. A su manera, básica, primitiva, es feliz con un techo sobre la cabeza.* Entonces, ¿por qué llora?

Ambos se ocultan en sus respectivas guaridas: el sótano y la recámara. Ni por casualidad se cruzan. Conocen sus horarios y se esmeran en no alterar esa tregua. Si Hendrick llega del trabajo cinco minutos antes, aguarda ante la puerta, no sea que encuentre a Veba sirviendo la cena. No quiere verla. Ni a ella ni al vientre voluminoso, *igual que un tumor.*

Una noche, *las tragedias siempre ocurren a esas horas*, se despierta sobresaltado. *Tengo demasiado calor.* Aparta la colcha. Percibe un ruido: Veba. *Llora.* Esta vez no sofoca los sollozos. Hendrick imagina los movimientos del cuerpo sobre la cama, el rostro contraído por el dolor, la mano en la boca, los dientes mordiendo el puño. *¿Qué le pasa?*

Silencio. *Si fuera algo vital, me buscaría.* Se acomoda en el lecho. Intenta dormir. Casi lo consigue cuando escucha, ¡otra vez!, los gemidos. Veba le trasmite su angustia. *¡Si me necesitas, llama!* Que ruegue. Bastaría una palabra y él le prestaría ayuda. *¿No confía en mí?* Es el hombre con quien se aparea. *¿No soy su amante?* Hubo placer, imposición, poderío, transacciones comerciales, pero... ¡amor?

Los gemidos se multiplican. ¡Dios del cielo! *Cállate.* ¡Un instante, un sólo instante de sosiego! ¿Cómo funcionará a la mañana siguiente? Tiene una reunión con el director. *Veba me vuelve loco.* De rabia, impotencia... *de todo, por todo.*

Silencio. Ese silencio repentino subraya la tranquilidad nocturna. Ni un coche transita por la calle. *¿Qué hora es?* Hasta un murmullo aliviaría aquel silencio. Ya no pretende dormir. Afina el oído. En unos instantes escuchará el mismo llanto sin consuelo. Cuenta. Llega *al veintiséis, veintisiete...* Tales sollozos denotan resignación. *Treinta, treinta y ocho, treinta y nueve... A diferencia mía, acepta lo inevitable. Sin reflexionar, de forma gratuita.*

Un grito emerge del sótano. Un grito que nadie oye, *excepto yo*, acostado justo sobre la cama de Veba. Gracias al cielo, los separa un delgado piso de madera. *Ahora grita.* Los poros de

Hendrick se abren. Suda. Siente miedo. *¿De qué? ¿Miedo de qué? Imagina otra cosa*, ordena. *Si yo durmiera en el suelo, sufriría más que alguien acostumbrado a echarse en un jergón.* Si en verdad necesitara algo, Veba acudiría a él. Desde luego... *Únicamente tiene que subir las escaleras, llamar a la puerta. Pedir.* Si él sólo comiera dos veces al día, sufriría más que un mendigo habituado a pasar hambre. *Si... si... si...* Coño, ¿qué diablos sucede? *El condicional exige que se cumpla un supuesto para que la acción se realice.* Muy bien, muchacho. Aprendiste a las mil maravillas tus lecciones de gramática. *Los supuestos abren posibilidades infinitas.* Aparta las sábanas. *En conclusión, el hombre civilizado sufre más que un salvaje.*

Siente frío. Aun así, se arrodilla. Veba le ahorra una molestia: localizar la rendija, porque una tenue luminosidad sale de ahí. *Encendió su lámpara.*

Espía por el resquicio. La criada tiene las piernas abiertas. Bajo su cuerpo, manchando la sobrecama floreada, hay un charco de... El líquido hace resaltar la tela color carmín. Hendrick permanece inmóvil. Sus cinco sentidos se concentran en la escena. *Sangre... eso no existe... sangre...* Tenía seis años. *Tomaremos una muestra antes de la operación de las amígdalas...* Un piquetito, prometieron. El médico: te dolerá un poco, muy poco. Su madre: como premio te compraré un helado. Anda, acompaña a la enfermera. Ven conmigo, mamá. Está prohibido, señora.

La sobrecama floreada. El líquido acentuando amapolas, claveles, rosas... ¿Sangre? Siempre... en el inicio, entre las piernas de Eva, y en la conclusión, con el último estertor, sangre. Eso no existe.

La enfermera no encuentra la vena al primer intento. Hendrick, de seis años, empieza a sudar. El calor lo sofoca. *No, siento un frío glacial.* El dolor aumenta mientras aquella torpe mueve la aguja. En un momento lo arreglo, dice. *Con un buen empujón la hubiera tirado al suelo.* Las emociones del muchachito rubio varían. Pasan del pánico a la impotencia. Un pánico terrible, una impotencia agobiante. *Quise huir.* Buscaría a su madre para refugiarse en su regazo. Necesita ese consuelo tibio e incondicional. Entonces, *hice un movimiento brusco.* Agitó el brazo como un arma. ¡Niño, vas a romper la aguja! *Debía defenderme de esa inepta.* ¡Mamá! ¡Mamá, ven! Las muestras de sangre, ¿existe?, en pequeños tubos, caen. Se estrellan contra el suelo. Entre vidrios y etiquetas predomina el rojo. Viscoso. Espeso. La enfermera grita. Un médico irrumpe en el consultorio. ¡No te muevas! Desde la habitación contigua, su madre observa. ¿Qué hace que no lo ayuda? *Mamá, sálvame.* La aguja sigue destrozando su piel. Escucha un grito. Llanto. ¿Quién llora? Con cuatro zancadas, Frau Buchheim domina la situación. Lo inmoviliza clavándole las manos sobre los hombros. Él... él llora. Si cooperas, el doctor terminará más pronto. Grita despavorido. *En teoría, estaba permitido llorar.* En la realidad, debe aguantarse, con los labios apretados, sin una queja. El médico: cállate, no remedias nada gritando. El terror ciega a Hendrick. Ocurrió hace veintitrés años. *Ocurre ahora.* Ve sangre. Un episodio insulso. ¡Hagan algo!

Nadie lo ayuda. *Mamá, sálvame.*

Baja los ojos: *un rayo de luz sale por la hendidura,* iluminando el presente del que no hay escape. La negra se incorpora. De repente gime. Sofoca su angustia a duras penas, mientras Hendrick la espía. *Violo un espacio que cedí hace tiempo.* ¡Ah! ¿Le pertenece a Veba ese espacio? Desde luego que no. ¿Acaso existe la privacidad en los campos de refugiados?

Debería alzar los ojos... ojos de oscuras pupilas. ¿Sangra? ¿Existe? Es apenas una imagen que llena la grieta por donde él mira. No logra despegar su ojo. Continúa hincado, aunque la madera le taladre las rodillas.

La criada se arrastra hasta la escalera. Su falda deja una estela húmeda. Hay siete escalones. Descansa en el primero. *No te muevas. Quieta o te romperás en pedazos.* Solloza mientras se contrae. ¿Quién gime, él, ella? *No remedias nada gritando.*

Veba se levanta. Alcanza el segundo escalón. Toma aliento. Coge el barandal, asciende. *Llegará al final.* Le pedirá ayuda y *no quiero tocarla.* Lo horroriza esa posibilidad. Su mano tersa, con la palma sonrosada; su ropa... manchas rojas. *Saldré de esta casa.* Se refugiará en un regazo tibio donde encuentre consuelo. *Mi madre.* Sangró durante el parto. El rojo, mácula primigenia, corrompe al mundo. *Parirás con dolor.*

La criada llega al último escalón. Baja el picaporte, cubriéndolo de escarlata. Buchheim, desde su escondite, cambia de posición. *¡Quieta! Acabaremos más pronto si cooperas.*

Ya no puede verla. A gatas, Hendrick cruza la habitación. Se agacha. Ahora atisba bajo la puerta, por una hendidura horizontal de ochenta centímetros de longitud. Gracias a Dios aún los separa esa barrera, la puerta. Sus ojos distinguen los pies: dos trozos de carne emergiendo de la falda... *escapando de la sangre. Tiene las plantas blancas.* A pesar de haberlo visto antes, todavía le asombra aquel contraste con la piel oscura. *No grites. No supliques. Un mulato.* No hay escape posible.

Atraviesa el corredor, hacia la salida. Está a unos cuantos pasos.

El miedo lo sacude. *La puerta me oculta.* Ella lo ignora, pero *estoy aquí, despierto... podría ayudarte.*

Parirás con dolor. Las palabras ocupan su cerebro. Rebotan como un eco. Al fin comprende. *Pronto nacerá mi hijo.* ¿Por qué no lo entendió desde un principio? *Me hundí en el pasado, en una sangre distinta a ésta... mi sangre.* Ante sus pupilas hay un mar carmesí. Imagina olas espesas, la lenta coagulación. *No.* ¿Gime? Lo negará siempre. Siempre rechazará esa realidad monstruosa. ¡No! ¿Grita? ¿La queja proviene de él? A ciegas, toma una colcha, abre la puerta, casi pisa el vientre hinchado. La cubre, la alza. *Debería pesar más.* Carga a su hijo. *Todavía dentro de ella.* Al hijo de Veba. Lo engendró... *sin conciencia de lo que hacía. Eres un perfecto imbécil.* Y ahora nacerá. No sabe qué hacer. El niño morirá a causa de su inercia. No fue responsable. *Ni de aquello, ni de esto.* No sabe… nunca sabrá… no quiso, no puede… Sienta a Veba sobre el sofá. Llama una ambulancia. Después, *¿minutos, instantes?*, alguien toca el timbre. Como idiota, abre la puerta.

Dos jóvenes, uniformados, lo saludan. *¡Al fin!* Entrega a la mujer. Entregas a tu mujer, muchacho. Un paramédico la lleva en brazos a la ambulancia, mientras su compañero amenaza: le haré algunas preguntas, señor. La lámpara giratoria, sobre el vehículo, los deslumbra. Hendrick asiente: pregunte. Las palabras se vuelven una cacofonía indescifrable. *¿Dónde quedó el silencio?* Conteste, por favor, señor… Buchheim, Hendrick Buchheim. Preséntese en el hospital. *No. Claro que no.* Tartamudeando, explica: hace unos minutos alguien tocó el timbre. Al abrir… ahí estaba ella. Retrocedí un paso. Uno solo.

Alarga la mano para entrecerrar la puerta. *El enfermero no puede ver tanta sangre. No hay sangre.* Ella… la embarazada… irrumpió en el vestíbulo pidiendo ayuda. Yo los llamé por teléfono. Es todo. No soy responsable, sabe usted. No tengo la culpa. Abrí la puerta y retrocedí un paso.

El paramédico le entrega un papel. Casi espera leer: "trabajo a cambio de cuarto y comida". ¿Así decía el papel que alguna vez le entregó una ilegal? ¿Y en el reverso? *Veba.* Enfoca la mirada. *Aquello ya pasó.* ¿Me explico, señor Buchheim?, indaga el enfermero. Sí… *selbstverständlich*, promete. Irá a la estación de policía. Contestará todas las preguntas. Firmará todos los papeles. El joven se vuelve. Apúrate, Iacob. No tenemos mucho tiempo. Voy.

Cierra. En sus oídos retumba el ulular de la sirena. Acaso sufre un desmayo. O se abstrae, dejando de pensar. ¿No es lo mismo? Bendita inconsciencia.

Cuando amanece, distingue la luz. Sus manos: rojas. El suelo: sangre. *Falta mi colcha.* La estela púrpura desciende por los escalones. *En el sótano habrá un mar escarlata.* ¿No puede idear otra imagen? *Mar.* El mar es azul. Infinito. Infinitamente azul. *El frío ayuda a la coagulación.*

Pone agua a hervir. También llena la tina. Se calza sus botas. A cubetazos lava el vestíbulo y la escalera. No soportaría que ese líquido asqueroso le mojara la piel. En el apartamento hay un ruido de cascada. *Agua.* Le cuesta trabajo concentrarse. *Agua. Me pondré guantes.* Se ve a sí mismo limpiando el suelo con la jerga. El jabón hace una espuma roja, después rosa, ahora casi blanca. Controlando el vómito, se acerca a la cama de Veba. Mete sábanas, toalla, blusa, almohada, en bolsas de plástico. El agua lava la contaminación. *Se rompió la fuente, dicen ellas, antes del parto. ¡El colchón!* Falta ese colchón húmedo, impregnado, supurando. Sube a la cocina, encuentra las tijeras que Veba usa para destazar pollos. *Cadáveres.* Corta la tela. *Nacemos cubiertos de sangre.* Embute los pedazos en varias bolsas. Por ninguna razón tocará a un recién nacido. Se apoya contra la pared, traga la basca que sube por su garganta. Vuelve a la cocina. Abre la alacena: queda una bolsa. Prosigue con la tarea. Termina.

Tras sellar el plástico con una liga, se lava las manos. Sale al patio y echa seis envoltorios a la basura. *Debería quemarlos,* pero su apartamento no cuenta con incinerador. Se mudará de casa a *un lugar limpio, sin recuerdos.* Por segunda vez se lava las manos. Enciende un calentador eléctrico portátil. Al cabo de media hora lo cambia de cuarto. *Cuando el sótano se seque, parecerá que nada ha ocurrido.*

Llena la tina. El agua caliente le proporciona una sensación gratísima. *Compraré un cojín de hule, para recostarme en la bañera.* De pronto escudriña su diestra. Descubre un punto rojo, casi imperceptible. Sumerge la mano. No osa a sacarla. *Si el punto per-*

sistiera... Se enjabona frenético, restriega su piel con la esponja. Al fin estudia sus dedos, los mueve lentamente... *el punto ha desaparecido.* Intenta aclarar sus ideas; la excitación se lo impide.

Acorta el baño. Se viste. Su hábitat le parece extraño, como si jamás hubiera vivido en ese apartamento. Sólo cuando mira cada objeto, lo reconoce y lo vuelve suyo. En el recibidor ve una silla tirada y cacharros, aún llenos de jabón y detergente. *El caos.* Ese desorden lo derrota. *Habrá que arrojar todo esto a la mierda. Empezaré de nuevo.* Corre de un lado a otro, echando cubeta, trapos, jergas, a la basura.

Suena el teléfono. ¿Herr Buchheim? Tarda en contestar. ¿Herr Doktor Buchheim? El título lo devuelve a un mundo que creía perdido. Le telefoneo para confirmar su asistencia a la junta con el director. En una hora, exactamente a las once. Hendrick se pasa la mano por los cabellos. La voz de su secretaria suena lejanísima. Al mismo tiempo constituye el único lazo que lo une a la realidad. El suave tono femenino prosigue: como es la primera vez que falta a la oficina, creí... ¿Está enfermo? Él niega, torpemente. Después la increpa. Karen Myers se defiende: ¡No, desde luego que no, señor Buchheim! ¿Cómo voy a posponer una junta sin su consentimiento? Hendrick masculla algo. La chica lo interpreta a su manera y responde, alegre: *natürlich.* Imprimí el reporte. El film dura siete minutos, como usted calculó. No se preocupe, Herr Buchheim. El café estará sobre su escritorio, con una cucharadita de azúcar y dos de leche en polvo.

Nunca sabrá de qué manera se puso la corbata, atravesó la ciudad, subió a su oficina y entró al baño privado. Dos focos dejan caer chorros de luz sobre el lavabo. Se apoya en el borde y siente la porcelana bajo sus manos. Frente al espejo, ve sus ojos. Azules. El rojo ha quedado atrás.

No eches todo a perder. Veba está bien. De nada serviría que te quedaras a su lado. Agacha la cabeza; todavía duda. *Somos dos extraños que se acuestan juntos por casualidad. Nada más. Quizá muera al dar a luz. Vivirá mil años.*

Se rehace. Yergue la frente. Lentamente enfoca la vista. *De la próxima reunión depende tu futuro. Si fallas, las altas calificaciones, tu esfuerzo, los sacrificios diarios, habrán sido inútiles. Oxigena tu cerebro. Concéntrate. Tú sabes. Puedes. Quieres. Demuéstralo.*

Con paso firme entra al salón. Le asignan un lugar preferente, a la derecha de Herr Gustav Fronsberg. Cuando Hendrick ocupa el estrado, expone con claridad, sin un titubeo. Apenas termina, obtiene un aplauso cerrado. Mientras los asistentes se despiden, su jefe se aproxima. Brillante, lo felicita, dándole palmaditas en la espalda. Gracias, Herr Fronsberg. Por lo general, nuestra Compañía no imparte este tipo de alabanzas. Sólo dos personas han recibido una ovación. ¿Quién es el otro?, indaga Hendrick, picado por la curiosidad. Yo, dice Gustav, cuando me nombraron vicepresidente.

Al regresar a su apartamento, gracias a un somnífero, duerme doce horas. Amanece aturdido. Emerge de aquel letargo poco a poco. Al fin coordina tiempo y espacio. *Es sábado. Son las nueve de la mañana.* Tras el desayuno, *es sábado*, busca el papel que le entregó el paramédico. *Son las nueve y media de la mañana. Ha pasado un día, ¿dos días?,* una eternidad. Hace un esfuerzo; recupera la lucidez. Ahora debe entrar al universo de las ambulancias y los uniformes blancos. Oprime ocho dígitos con sumo cuidado. Una voz dulce le responde: Hallo? Habla a emergencias. Su mano tiembla. Revisa sus dedos. No descubre gotas rojas por ninguna parte. Sin embargo, está a punto de colgar. Hallo? Hendrick carraspea dos veces: Maternidad, por favor.

Un momento, la línea está ocupada. Oye ruiditos, tlic, clac. A duras penas se atreve a formular una pregunta. Lo sentimos, por teléfono no damos información. Había preparado una identidad falsa. Así averiguaría ciertos datos sin presentarse en la clínica. *Nombre: Adad Butto; parentesco, primo.* Cometería errores de pronunciación; despedazaría la estructura gramatical. *Me hubieran creído esa mentira,* después de todo, imita a los negros a las mil maravillas.

Sostiene el auricular con el hombro y la cabeza. Esto le permite encender un cigarrillo. El tabaco calma su ansiedad. Si no proporciona información por teléfono... Comuníqueme con una mujer de color llamada Veba. ¿Su apellido? *No sé.* No sabe. Ha vivido con ella más de un año y todavía lo ignora. Espere un segundo, señor, veré si encuentro ese dato en la lista de ingresos. Buchheim escucha voces de visitantes, enfermeras, médicos, mientras la recepcionista murmura el nombre de cada paciente. *Si legalizo al niño, heredará mi apellido. ¿Nombre extranjero con apellido europeo?* Ridículo. *¿Nombre y apellido alemanes para un mulato?* Totalmente ridículo. Existe una última opción: si no lo reconociera, nombre y apellido africanos. *Sensacional.*

Los minutos pasan uno a uno. *Ciertos patronímicos provienen de un animal protector...* Sí, estoy seguro, señorita. Así se llama. *En aquel viaje a Canadá, cuando todavía cursaba la Licenciatura...* Echa el humo por la nariz. Su idea se concreta: *¡los Haida de Columbia Británica usaban como patronímico un animal protector!* Oso, lobo, águila, castor o reno. ¿En verdad desea que lo comuniquen con Veba? *El museo contiene la mayor colección de tótems. Algo extraordinario.* Lo sorprendió la escultura de una concha gigantesca. Los sobrevivientes del diluvio viajaban dentro. *Como en otras culturas, también creen en una inundación universal.* No, no recuerdo su apellido. Veba... Veba algo. *Mobuto, Mandela... algo.* No la localizo. Discúlpeme, señor, tampoco puedo decirle si alguna parturienta murió o enfermó de gravedad o si el recién nacido está bien. Sólo el padre de la criatura y los familiares cercanos tienen derecho a tales informes. *En aquella enorme concha, se salvaron un hombre, una mujer, peces, aves, algunos mamíferos y el zorro.* ¿Horas de visita? De cuatro a seis, todos los días. No permitimos flores en las habitaciones, ni comida o golosinas para los enfermos.

Da las gracias. *El zorro, siempre astuto, revela un secreto a los náufragos: el sexo es el lazo más fuerte de unión, la clave para repoblar la Tierra.* ¿Unión? ¿Ahora que ha contribuido a la sobrepoblación del planeta, se siente unido a Veba? *Quizá fue niña. Esperaré a que Veba regrese aquí, al apartamento.* Entonces se enterará de la gran noticia. Fue niño.

Cuelga el auricular sintiéndose satisfecho consigo mismo. Yo traté. Intentó restablecer la comunicación. *Si no lo conseguí, nadie tiene derecho a censurarme.* Además, en teoría, acepta el regreso de Veba... cuando bien podría negárselo. *En fin, ya veremos. La vida sigue.*

Mientras son peras o son manzanas, me mudo a otro sitio. La existencia sería insoportable para una pareja y un bebé en esa ratonera helada e incómoda.

Karen, la secretaria eficaz, contrata a un agente de bienes raíces. Se lo suplico, no nos llame hasta que encuentre un apartamento con las siguientes características: dos recámaras, sala, comedor, estudio, incinerador y garaje. En quince días a más tardar.

Él la vigila desde su escritorio. *Ha aprendido a hablar con la precisión que requiero.* Se viste de manera elegante, discreta. Lo ayuda sin cometer graves equivocaciones. *Merece un aumento. En cuatro semanas pediré su reclasificación.*

Para cumplir un requisito, Hendrick va al centro de Ayuda Social. Además, le molestaría que un empleado lo buscara, reclamándole su falta de cooperación. Reglas son reglas.

Lo atienden con rapidez y esmero. Apenas se sienta en el módulo tres, ante un escritorio con una computadora, lee el nombre del oficial Rudolf Hasenauer en una placa. No lo olvidará. *Causa buena impresión dirigirse a una persona por su nombre.* Antes de que otra cosa suceda, declara: no tengo ninguna responsabilidad con esa joven... la parturienta. Apenas la conozco... si conocer implica pasar cinco minutos con ella, antes de que llegaran los paramédicos.

El policía lo observa. Buenos días, saluda. Teclea, acercándose a la pantalla y, cuando tiene todo listo, añade: sus generales, por favor; nombre, edad, ocupación. El muchacho maravilla se sonroja. En su prisa por eximirse de culpas, se delata. Hendrick Buchheim, veintinueve años, economista. Vivo en Radetzky Strasse, número cuarenta y ocho. Muy bien, Herr Buchheim. Ahora, su versión de los hechos. Anteayer, a las diez de la noche, una mujer... la parturienta, tocó el timbre de mi apartamento. Mezcla lo cierto con lo falso: me tomó por sorpresa. Estaba embarazada, a punto de parir. Realidad con ficción: retrocedí un paso, admitiéndola en mi casa. *Alguna vez este relato fue cierto. Entonces llovía...* Veba tocó el timbre. Hace dos días, tal cosa no sucedió. Cierto. Pero gracias a tu ineptitud, la criada se desangraba mientras un niño, el hijo de ambos, nacía. Y yo sin mover un dedo.

Tuve que ayudarla. ¿Tuvo?, indaga Rudolf Hasenauer. Hendrick titubea antes de responder: actué por instinto. En ese momento no se me ocurrió si aquella mujer era o no ilegal. Llamé una ambulancia. Lo enoja, *muchísimo*, revolver presente y pasado con un fin: la manipulación de la evidencia en beneficio propio. *Bueno, retrocedí unos centímetros. Ayudé a Veba... aunque no fuera anteayer. ¡No miento! Digo la verdad... a destiempo.*

Nunca ha hecho declaraciones, ni estado en una situación similar, explica, peinando sus cabellos. Le gustaría huir; aspirar aire fresco. De reojo, descubre a un turco. *Por el traje y la facha, apostaría que es musulmán.* En unos minutos, ese individuo también declarará. Se sentará, como él, ante un escritorio. Sus palabras quedarán atrapadas en la computadora. Le pedirán firmar el acta. Como a él. Sin embargo, hay una diferencia. El color de la piel tiñe las frases. A Hendrick Buchheim le creen, automáticamente, al otro...

Ante circunstancias iguales, las personas reaccionan del mismo modo, decide. *Si les conviene, evitan los detalles. ¿Para qué despertar suspicacias? Nadie practica una ética absoluta; nos resguardamos bajo una moral acomodaticia.*

¿Desea añadir algo más?, indaga el policía. No la conozco. Ya lo asentó, comenta el oficial. Abrí la puerta y me pidió ayuda. Me rogó que la ayudara. También lo asentó. Lo hice porque... ¡Cualquiera lo hubiera hecho! *Baja la voz, coño. Tanto énfasis te vuelve sospechoso.* Casi al instante se rompió la fuente. *Tecnicismos no. Aquí no impresionas a nadie.* Le permití que se recostara mientras yo llamaba una ambulancia.

De tanto afirmarlo empieza a creerlo. *La verdad es una mentira repetida hasta la náusea.* Después, cuando firme las hojas, su engaño adquirirá carácter oficial.

Rudolf Hasenauer, *sesentón, quizá a punto de jubilarse,* se muestra poco interesado en el caso. *No hace preguntas capciosas, ni me tiende trampas.* Desde luego, existe una justificación para tal actitud. Los inmigrantes me tienen harto, Herr Buchheim. Provocan el ochenta por ciento de los delitos del barrio. Son una plaga, una invasión imparable. Hendrick se arriesga a interrumpirlo: ¿qué pasará con la africana? Duda: quizá no ha sido demasiado claro. ¿Qué pasará con la parturienta? La devolveremos, con todo e hijo, a su lugar de origen. Desde hace varios años nuestros impuestos sirven para repatriar ilegales.

¡No lo considero justo! Necesitamos mano de obra calificada, no a estos ignorantes, ladrones, flojos, chupasangre. El policía se vuelve. Estudia al turco, buscando otros adjetivos. Como no los encuentra, repite, en voz mucho más baja: ladrones, flojos, incultos, chupasangre. Hendrick visualiza la imagen: un hombre corpulento chupando sangre. Los dientes y la barbilla manchados; las huellas de los colmillos como dos puntos azulosos sobre la piel. Cierra los ojos. Respira lentamente.

El malhumor del policía le devela una posibilidad. *Veba puede venir aquí y decir misa. Hasta puede decir la verdad, si se le pega la gana.* Nadie la tomará en cuenta. *Su palabra contra la mía. Desde luego, le queda un recurso: Derechos Humanos. Aunque... ni siquiera entiende lo que implica la palabra "derecho". Jamás testimoniará contra mí,* concluye, totalmente seguro. Ya sea por miedo o por gratitud, *jamás se atrevería a convertirme en su enemigo.*

Al firmar la declaración crea un precedente. *Mentí. Si investigaran a fondo este asunto, me zambutirían en la cárcel.* De pronto, recuerda la foto de su abuelo uniformado, al servicio del Tercer Reich. *El engaño y la cobardía deberían estar muy por debajo de mí.* Revive su entierro, la tarde gris, los cipreses contra el horizonte. La tapa del ataúd cerrándose sobre una condecoración: la cruz al valor. Cuelga del pecho del militar y lo acompañará en la muerte. *Honor a quien honor merece.*

Guarda el papel que le entregan. *¿Lo leo?* Si el policía cometió un error, esa imprecisión pasará por verdad. Se detiene. Saca la hoja del portafolio. Sus pupilas enfocan las letras; no obstante, sigue revisando instantáneas del pasado: diversas medallas con listones amarillos y rojos. *Siempre fui pacifista,* las distinciones del abuelo ni le van, ni le vienen.

Sale con paso enérgico. Ya en la calle, otea. *La primavera se retrasa.* El frío aún seca la hierba; los árboles todavía no reverdecen. Sin embargo, se siente optimista: ha recuperado el control. Ahora tiene tiempo para decidir cómo le proporcionará ayuda económica a Veba, sin contraer responsabilidades vitalicias. Impondrá sus condiciones. *Natürlich! El que paga, manda.* Desde muy lejos, dirigirá la educación de la criatura, los principios religiosos que se le inculquen. En resumen, lo encausará por el mejor camino, aunque no le dará su apellido, ni el derecho de convertirse en ciudadano alemán. *Si reconociera mi paternidad me desacreditaría ante...* ¿los vecinos de su madre? ¿Sus colegas? *Una relación tan extraña despertaría interrogantes,* se defiende. ¿Con una negra? ¡Dios santo! ¿Qué le ve? ¡Ni siquiera puede platicar con ella! Te lo apuesto: se aprovechó de la pobre. ¡Qué mal gusto; habiendo tantas rubias, fue a caer con un esperpento! ¡Sin duda es buenísima en la cama! ¿Y él? Un pervertido. En cambio, si se transforma en filántropo, aclarémoslo, si mantiene a la criatura, hasta lo elogiarían: ¡es tan generoso! Trata a ese negrito como a un hijo, le paga una escuela carísima, lo lleva de vacaciones. Etcétera, etcétera.

El martes lo llama el agente. Encontré un condominio con las especificaciones que requiere, señor Buchheim. Me gustaría que lo viera hoy mismo porque hay tres personas interesadas. Hendrick reorganiza su agenda para visitar ese portento. La fachada del edifico le parece elegante. Su complacencia aumenta al recorrer las habitaciones. Se siente a sus anchas. Me agrada. Me agrada bastante, remacha. ¿Cuánto por mes? Levanta las cejas. Hace apenas un año la respuesta lo hubiera sobresaltado. Hoy, tiene el orgullo de asentir. De acuerdo. Lo alquilo. Preséntese mañana en mi oficina, a las nueve, con el contrato.

Fraülin Myers ofrece su ayuda. Yo le empaco la cristalería, vajilla, manteles, adornos de porcelana... *¡Si viera la ratonera en que vivo!* Gracias, Karen, no vale la pena. Una vez instalado, compraré muebles y pinturas modernas. Además, por ningún motivo quiere traspasar ciertos límites. *Mis relaciones laborales* *no degenerarán en amistad.* El recuerdo de Karlotta, *¡mi querida Karlotta, tu suicidio me arruinó la vida durante meses y meses!,* lo detiene. *Con una mala experiencia, basta.*

La noche anterior a la mudanza, llaman a la puerta. Al abrir se topa con un policía sesentón, canoso. Su memoria no le falla: *este tipo tomó mi declaración. ¿Cómo se llama?* Lo saluda por su nombre: Rudolf Hasenauer y causa una buena impresión.

Visita de rutina Herr Buchheim. Su protegida escapó de la clínica. La noticia le corta el aliento. Parpadea. Abre la boca ante el apelativo, *¿pro-te-gi-da?* Intenta rebatirlo; al final, guarda silencio. *Espero que no haya notado mi sorpresa. Bueno, puedo asombrarme sin levantar sospechas, ¿verdad? Después de todo, la tal noticia resulta bastante inesperada.* Ya sabe de qué manera se desarrollan estos incidentes, señor Buchheim. No tienen derecho al Seguro Social. Se les auxilia en la clínica por caridad... ¡sólo por caridad! Demasiados pacientes, camas hasta en los corredores. Falta personal. A los guardias les importa un comino quién salga o quién entre.

Tras aquella explicación, el viejo mira sus zapatos. Añade, entre agresivo y abochornado: los ilegales nunca agradecen que alguien los ayude; sin embargo, la policía no debe cometer errores. Un trabajo mal hecho siempre será un trabajo mal hecho. La paciente jamás debió escapar de la clínica. Punto y aparte. Casi en tono confidencial, prosigue: se llevó al niño. Después de amamantarlo lo regresaba al cunero. Hoy fue la excepción.

Hasenauer alterna el peso de su cuerpo; primero sobre una pierna, luego sobre la otra. Por su parte, a Hendrick sólo se le ocurre una cosa: mover la cabeza de arriba abajo, aprobando cada palabra que pronuncia el oficial. Se percataron de su ausencia horas después. Aparentemente huyó por las escaleras de emergencia. Según parece, la recepcionista atendía una llamada y la paciente salió sin que nadie opusiera la menor traba. Así de simple. Y ahora, búscala. Nos echan la pelota como si no tuviéramos en qué entretenernos. Encuéntrala entre veinte mil ilegales. Se esconden en tienduchas, desvanes, basureros, puentes, parques. Arrebátasela a los familiares, si residen en la ciudad.

Rudolf resopla mientras se acomoda la gorra. Nadie le dijo que la deportarían. Ella lo dedujo y puso pies en polvorosa. Guarda silencio, esperando algún comentario. Buchheim lo mira a los ojos. Se siente seguro: *no hay nada sospechoso en mi actitud,* mucho menos en su persona. Rubio, alto, fuerte, joven, es el ideal de todas las madrecitas alemanas.

¿No ha vuelto por aquí?, pregunta el policía. Por lo general, si alguien los trata bien, regresan. Hendrick niega. Le gustaría mostrarse cooperativo, pero algo se le atora en al garganta. *Ojalá se fuera. Su persistencia empieza a cansarme.* De repente, lo asalta una posibilidad: *revisará el apartamento. No,* deduce, *no trae una orden.* Las dos maletas, las cajas aún abiertas, están a salvo. *No tengo que avisar que me mudo de casa. ¡No soy un criminal!* A veces, los ilegales vuelven al sitio donde recibieron ayuda, afirma Hasenauer. Si lo hace, llámenos.

En cuatro semanas la transformación ha sido radical. Asciende. Trepa hasta el Olimpo y se cree Zeus. *Adiós a la clase media, con sus estúpidos malabarismos para que alcance una beca: ofertas, menú comercial, baratas, recompensas, cine los miércoles, al dos por uno.* Le causa enorme satisfacción comprar a manos llenas, aunque no cae en excesos, ni extravagancias. *Resulta increíble que me conformara con dos pantalones y un saco.*

¿*Y Veba?* Podría telefonearle. Bastaría un par de palabras: estoy bien, amor, cariño, Herr Buchheim. ¿Cómo lo llama? *No sé.* En fin, bastaría una frase para que nada alterara la paz de su paraíso particular. ¿*Y el niño?* Está bien.

Hendrick conoce las estadísticas de quienes pretenden avanzar y permanecen estancados. *Entre miles, soy la excepción. Di el gran salto.*

¿Veba? Tiene para lo más elemental: comida, ropa. Nunca me devolvió el sobre... Ese dinero le alcanza para todo.

Su nuevo apartamento ejemplifica el nivel al que ingresa: estéreo, televisor de pantalla plana, muebles flamantes. El *walk in closet* rebosa con trajes de excelente corte y zapatos Gucci. Aunque muchos hombres pasarían por alto ciertas trivialidades, él reacciona a la inversa: elegir alfombras, copas, floreros y cortinas le causa enorme satisfacción. *Esos detalles representan el punto culminante, la cereza del pastel.*

Cuando despierta, en la cama king size, y ve su bata de seda, constata lo evidente. Pertenece a ese sitio, el hábitat donde siempre debió desenvolverse. *Me siento como pez en el agua.* Tal adaptación prueba lo siguiente: *no soy un nouveau arrivé, un social climber cualquiera, sin las virtudes indispensables para resaltar entre la elite.* Nadie lo desbancará. *Nunca.* A casi todos se les presenta una gran oportunidad; la mayoría la pierde. *Yo no.* En su vida no caben los "hubiera". *Soy un triunfador. ¡Nací para alcanzar el tope!* Esto es sólo el principio.

Quizá Veba necesita biberones, leche en polvo... Nein. Ella lo amamantará, como se acostumbra en África Ecuatorial. Imagina los senos erguidos... sus propias manos blancas y pulcras, acariciándolos. Ahora esos pechos, al doble de su tamaño normal, producen leche... un líquido repugnante que se derrama por la epidermis oscura. *Lo mejor para el recién nacido.* Así lo pregonan folletos y médicos. *¿Y si no fabrica suficiente leche?* Abre el cajón y busca un cigarrillo. Prometió que no compraría más: su nuevo apartamento estará libre de contaminación. *Me hace falta una buena fumada,* el gozo infantil de romper prohibiciones. *¿Cuánto cuesta una fórmula para lactantes? ¿El gobierno proporciona consultas pediátricas?* Una ilegal... *¿puede acudir a una clínica si su bebé enferma?* Desde luego. Cualquiera tiene derecho a nuestros servicios médicos.

Si lo necesitara, Veba le hubiera telefoneado. *No pondrá la vida de su hijo en peligro.* Hendrick catalogaría esa actitud como antinatural, impropia de seres primitivos, sin que "primitivos" signifique inferiores. *Los aborígenes tienen el instinto a flor de piel. Reaccionan rápida y correctamente porque una equivocación provocaría la muerte del individuo y, quizá, la extinción de la tribu. Sin duda, en el plano básico, Veba será mejor madre que las europeas. Al menos dedicará todo su tiempo al niño. Además, ¿qué puedo hacer?* Ni modo de buscarla bajo las piedras.

Su secretaria avisa al banco, la universidad, compañía telefónica, revistas y empresas, sobre el cambio de domicilio. Para concluir esa etapa, Herr Buchheim regresa por última vez al antiguo apartamento sólo para recoger su correspondencia. A las siete en punto estaciona el auto en la calle, justo frente al edificio. Le encantaría que alguno de los vecinos lo saludara. *Se sorprendería al máximo: abrigo de cashmere, zapatos italianos.* Pero deben estar cenando ante el televisor.

El apartamento todavía no se alquila. Claro, *¿quién quiere vivir en una ratonera?* No sólo eso, el arrendamiento era demasiado caro. *Por tres cuartos destartalados pagaba... Me tomaron el pelo.* Le irrita haber sido engañado. *A un estudiante pobre, sin aval, cualquiera lo explota.* Le queda un consuelo: *entre más abajo se empiece, mayor será el triunfo.*

Abre el buzón. Saca un panfleto, que nunca leerá, y catálogos con anuncios diversos. *Echaré todo en un bote,* pues esa propaganda barata desdoraría su hogar impecable, armónico y perfecto. Rodea el edificio. Distingue los seis tambos color esmeralda. Forman una fila contra el muro de ladrillo. Se acerca al suyo. *Al que era mío.* Ve un bulto. Ahí, en el suelo, está Veba. *¡Me lleva el demonio!* Acusa ese golpe seco, directo al cerebro. Ha sucedido algo que le impide seguir posponiendo su responsabilidad: Veba. En cuclillas, a la espera. *¿A la espera de qué putos coños?* Aguardará una eternidad, sin una idea en la mente, contemplando el vacío... *también vacía, ausente.*

¡Me saca de quicio! Hendrick piensa diez cosas a un tiempo: *¿tocó el timbre? ¿Alguien le abrió la puerta? Si lo hizo, un segundo después la cerró en sus narices. Nadie cometería mi mismo error.* ¿Quién le informó de la mudanza? *Veba jamás se hubiera atrevido a pedir información. ¿Qué iba a hacer si no lo encontraba? Volví por casualidad,* justo cuando ella se escondía entre dos contenedores de basura. Como si aquel encuentro estuviera previsto.

¿De verdad me esperaba? ¿A él o a un milagro? *Yo debía estar lejos. En el cine, viendo la TV o en un bar, conversando con mis amigos.* Tiene pocos amigos. Además, desde que se mudó, no los frecuenta.

De una mirada abarca a la negra, su piel y pupilas oscuras, amalgamándose a la noche. *Un camaleón que desea pasar inadvertido.* Jeans demasiado sueltos. *¿Los regalan en las beneficencias o le gustan así?* Sin zapatos. *Hasta las sandalias la incomodan.* Una mascada, *su único lujo,* le cubre el cabello. Nada ha cambiado.

Todo ha cambiado: sostiene al hijo entre las piernas. Un bulto pequeño, prescindible. *Envuelto en una manta.* La tela tiene aspecto indefinido, de trapo viejo, sucio. *Si ruega o suplica, aun si se mueve, me largo.* Su mutismo lo estruja. *¡Doy media vuelta y me largo!* El viento juega con los papeles que rodean un basurero. *No vas a imponerme nada, ¿entiendes?* Un perro ladra.

¿Por qué escapaste de la clínica, a dónde fuiste, quién te acogió, tienes familia en esta ciudad? Al fin, la pregunta clave: *¿estás bien?* Lo intenta, mas acaba por guardar silencio. Un largo silencio. *Quizá fue niño.* Él no iniciará el diálogo. No dará ese paso.

Permanece quieta. No le muestra el envoltorio, pero tampoco esconde a la criatura para protegerla. Continúa en la misma posición, viendo el espacio. *¡Haz algo!* Sus miradas se cruzan. Luego, baja los ojos, como si él no existiera.

A Hendrick le resulta imposible seguir así, a lo imbécil, observándola. *El niño pescará una pulmonía.* ¿Por qué no llora? Un escalofrío le recorre el cuerpo. *Todos los bebés lloran. Quizá...* Rectifica su juicio sobre la muchacha: *es una inconsciente. Matará al niño por ignorancia... lo cual no la disculpa.* Apoya el puño contra la pared. *¿O me acorrala? ¡Me exige!*

Está muerto. Lo ha llevado de aquí para allá, sin los cuidados más elementales. ¿Durmió en la calle? Al amanecer la temperatura baja. *Una pulmonía, una simple pulmonía y...* ¿Lo amamanta? ¿O ni para eso sirve? La estudia, imaginando los pechos, otrora pequeños y firmes. *Se supone que las mujeres ajenas a la civilización son modelos de fertilidad.* Entonces recuerda las fotos en los periódicos: marroquíes famélicas, enfermas, esperan la muerte bajo un sol impío. Cincuenta grados a la sombra.

Mueren por deshidratación, concluye. *Al final, los bebés ni siquiera lloran.* Cadáveres insignificantes. *Cabrían en un bote de basura.* Automáticamente retrocede un paso. *Cubiertos con plástico, entre restos putrefactos.* A las seis de la mañana los camiones municipales alzan los botes y arrojan su contenido en la parte trasera del vehículo. Una máquina lo comprime y, cuando acaba el recorrido, lo echa al tiradero local. Durante toda la operación, las manos humanas no tocan los desperdicios.

Furioso porque la vida no le da el tiempo necesario para tomar una decisión adecuada, eficaz, ¡coherente!, jala a Veba del brazo, sin miramientos. *Me obligas a actuar. ¡Pues atente a las consecuencias!* Él, tan analítico, reacciona obedeciendo emociones viscerales.

La lleva al coche, mientras ella aprieta al bulto contra su cuerpo. Hendrick juzga los jeans, *parecen limpios...* No obstante, durante unos segundos busca algo con que proteger la gamuza beige. Al no encontrarlo, maldice. Se quita el saco, lo coloca sobre el asiento. *Entra.* Le molesta tomar tales precauciones. El auto es nuevo, se justifica. *Ni siquiera he terminado de pagarlo.* Tampoco cree que el niño vomite durante el trayecto.

Aprovecha los altos para planear sus siguientes pasos. *Subiremos del garaje al apartamento por el elevador de servicio.* Además de sencillo, es el único plan viable.

Guardan un silencio hostil; *más bien incómodo,* igual que al principio, cuando todavía no se involucraban en un amasiato. Los postes eléctricos iluminan a Veba y al envoltorio, *¡al bebé, coño!,* en una sucesión de amarillos y azules. Hendrick enciende el radio. Le cuesta trabajo poner atención a las noticias. Si acaso las escucha, le parecen insulsas en comparación con su problema.

Al entrar en el garaje los focos se encienden. Cada coche ocupa un espacio asignado de antemano. Con el suyo, la hilera se completa, igual que la última pieza de un rompecabezas. Hasta ese momento, todo en orden.

No hay un alma. *Los vecinos se acuestan temprano. Son las nueve de la noche y mañana es lunes.* Echa un rápido vistazo. *Esta claridad presta un aire fantasmal al garaje...* demasiado brillo, demasiada pulcritud. Mientras apaga el motor recuerda, sobresaltado: *¡Karl!,* el portero. Ruega: *no mires la pantalla. Sírvete un café, ve al baño, cierra los ojos por un momento, cavila en tu pensión, en el futuro, cuando hagas lo que se te pegue la gana.*

Apaga las luces por control remoto. La oscuridad le da confianza. Recobra la sangre fría. Entonces escucha por el micrófono: *¿Herr Buchheim? Calma, no te alteres. Mantén la voz serena.* Abre la puerta del auto. Buenas noches, Karl. Dirigiéndose al interfono, agrega: por favor, limpie el coche. Mañana saldré a las ocho. Hay una pausa. Señor, ¿se fundió el sistema eléctrico? No hay luz en el garaje. *Calma, calma.* Hendrick respira despacio, como si no tuviera un pendiente en el mundo. Parece que sí, Karl. Algo no funciona. Ahora mismo lo reparo. Gracias.

Los empleados no tienen derecho a usar el ascensor. Le tomará unos minutos bajar las escaleras. Los invierte con la mayor sangre fría. *No te pongas nervioso. Más vale paso que dure...*

Saca a Veba del auto, la conduce al elevador, oprime el número siete. *Entra.* Cuatro paredes de aluminio los aproximan, creando una atmósfera íntima. *El niño sigue durmiendo. ¿Por qué no despierta? ¿Es normal que duerma tanto tiempo?* El ascensor se detiene ante una puerta de madera labrada. Hendrick saca su llave. Cuando cierra, se siente a salvo. Incluso sonríe ante aquella sensación de alivio.

Después ve a la negra, con el muchachito en el regazo. *Nunca ha estado más fuera de lugar que hoy.* La observa sin disimular su fastidio. *Mueve los pies desnudos constantemente. ¿El mármol le lastima las plantas? ¿Es demasiado frío?* Los dedos, semejantes a orugas, le causan repulsión. Aparta la vista. *¿Dónde la instalo?* Si estuviera sola, propondría su recámara... *con el niño llorando la noche entera, la cuestión se complica.*

Hay un cuarto sin muebles. Todavía no compra un escritorio porque ignora si traerá los asuntos de la oficina a su hogar. *Sería el primer paso para convertirme en un workaholic y no quiero caer en semejantes excesos.* Desea una existencia propia, donde goce su tiempo libre.

Examina la habitación vacía. *¿Compraré un sofá cama o un futón?* Tarda, a lo sumo, diez segundos en resolver el dilema. Se vuelve y... Veba interpreta el gesto a su manera. Acepta el cuarto. Se lo apropia de manera tan rotunda que Hendrick capitula. *Cero y van dos.* Ha cometido la misma equivocación dos veces. *¿Nunca aprenderé?* La experiencia no le sirve de nada: ante un estímulo similar, actúa en idéntica forma.

Sin fuerzas permanece próximo a la puerta. Con su actitud, cede ese espacio. Desde ahí atestigua una escena que Veba debe haber repetido cien veces, en otro sitio. Acomoda al hijo sobre el suelo, lo mece con una mano. Luego se recuesta a su lado, utilizando el codo de almohada. No hay nada conmovedor en esos preparativos... excepto la aceptación del suelo como lecho.

Hendrick sabe que no se moverá mientras la vigile. Entonces, cierra la puerta, renunciando a aquella habitación, *mi habitación*, por debilidad; tal vez por cansancio. *Esta apatía podría llamarse resignación. ¿Resignado a qué? A una vida sin opciones. Perdí mi libertad.* Y eso lo molesta infinitamente.

Va a la cocina. Revisa la alacena llena de provisiones. *Mientras le traigo verduras exóticas, comerá lo que yo.* Un pequeño remordimiento araña su conciencia. *¿Por qué tiré las especias que Veba atesoraba a la basura? ¿Rogó, ansió, que jamás volviera? Me preocupaba por ella, por el niño.* A ratos, sin la desesperación de quien pierde al hijo o a la amante... La persona irremplazable y única. En tanto se mudaba de apartamento, sus emociones variaban, día a día. ¿Y en qué terminaron? Se peina los cabellos, nervioso. En la aceptación feliz de que Veba había desaparecido. *¡Dios, dejemos de buscarle una doble o triple interpretación a todo! Actué por sentido común. Si nadie iba a usar esas malditas yerbas, ¿para qué las guardaba? Además, este lío se arregla con dinero.* Saca la cartera. *Compra lo que quieras.* Cuenta algunos billetes. *Come lo que quieras.* De pronto, se detiene. *Veba no saldrá del apartamento. Nadie debe enterarse que ella y el niño viven aquí.*

La inquietud desequilibra sus nervios. Ya en la cama, intenta leer, mientras aguza sus oídos, pendiente del menor ruido. *En algún momento el niño llorará. ¡Molestará a los vecinos! Mañana me interrogarán: que si esto, que si aquello... ¡Dios!* El esfuerzo lo agota y la revista se desliza de sus manos al suelo.

A la mañana siguiente, despierta cinco minutos antes de que suene la alarma. Empieza sus ejercicios y, de pronto... el niño no ha llorado. O acaso no lo oyó. *En realidad no oí nada. Más que dormir, me sumí en un letargo.* Lo cual apenas lo sorprende. Desde la tarde anterior han sucedido demasiadas cosas. *¡Una cosa! Encontré a Veba* y ese hallazgo, fortuito, modifica el juego.

De pronto, interrumpe la rutina para inspeccionar su territorio. Se dirige al baño: *Veba lo usa a escondidas.* En el refrigerador falta un cartón de leche, huevos y pan. *Come a escondidas,* así evita los enfrentamientos, cualquier detalle que dé pie a que él la eche a la calle. *Su prudencia me pone los pelos de punta. No hay necesidad de tantas estupideces. Llamaré a la puerta, le diré: te permito...* Hasta esa concesión lo irrita. *¿Para qué?*

A salida del trabajo, compra pañales, cereal y fórmula Wickelkind. Visita una tienda de ropa para bebé. Aquellos colores tenues, los adornos, en fin, la atmósfera melosa, propia de la infancia, lo exasperan. También.

Mira a su alrededor, ignorando qué hacer. Una vendedora lo aborda y, desde ese instante, se esmera en sacarlo de sus casillas. ¿Qué desea? Ropa. La joven le sonríe con ternura. *Natürlich!* ¿Qué clase de ropa? ¿Camisetas, pijamitas, gorro, zapatos, suéter? De todo, gracias. ¿Talla uno? Sí, supongo. ¿Azul, rosa? ¿O prefiere los tonos modernos: verde pálido, amarillo canario, lila? No está de humor para ese interrogatorio. *Preferiría estrangularla, señorita.* Azul, por favor. ¿Su primer hijo? La respuesta se le atora en la garganta. Mi primer sobrino. ¡Felicidades!

Deposita las compras ante la puerta de Veba. Cena en silencio y, cuando enciende el televisor, baja el sonido. *Ojalá el niño no llore. Resultaría bastante incómodo si los vecinos descubren esta situación.* Cada frase encierra algo negativo. ¿Esto implica un rechazo?

Es una ingenua, decide. Cualquier otra le mostraría al hijo, *tómalo, cárgalo un ratito,* y, una vez encariñado con la criatura, le suplicaría que lo reconociera legalmente. De otra manera el niño siempre será un extraño para él. Un pequeño apestado al margen de la sociedad.

Empecemos por lo importante: debo verlo. Comprobaré que está sano... aunque no se parezca a mí. La raza blanca deja pocos rastros en la primera mezcla. En cuanto Veba salga de la habitación, él impedirá que cierre la puerta. *Entro y lo desenvuelvo.* Lo examinará de la cabeza a los pies. *Si tiene algún defecto, una enfermedad congénita... cualquier cosa... lo curaremos a tiempo.* Preguntará por qué no llora. *Los recién nacidos lloran hasta volver locos a los adultos. Éste no. Quizá duerme desnuda,* con la teta cerca de la boca del lactante. *Costumbre sioux,* decide. Se esfuerza en recordar la fuente de aquel dato. *El Hanta Ho.* Sus lecturas al azar sirven para algo.

A las once, apaga el televisor. *De Veba, ni su sombra.* Esa noche la pasa en vela. No pega los ojos ni por milagro... y nunca escucha a la criatura. A las cinco de la mañana, incapaz de dominar su frustración, aparta las colchas. Salta de la cama; se planta ante la puerta cerrada. *Si es necesario, la tiro a golpes.* Apoya la mano sobre la perilla; para su sorpresa, gira. Su huésped no se encerró a piedra y lodo, como él apostaba.

Enciende la luz. Veba parpadea varias veces. Mira las paredes; al fin reconoce la habitación. Sus pupilas se agrandan por el miedo. Permanece inmóvil; casi no respira. De repente estira una mano en dirección al hijo. Hendrick es más rápido y le detiene el brazo. Entablan una lucha silenciosa; ella para liberarse, él para sujetarla. Ante los esfuerzos de Veba, Buchheim simplemente aprieta los dedos. Sus rostros casi se tocan. Una patina de sudor abrillanta la piel oscura. *Todavía despide olor a sueño.*

El forcejeo aumenta. *Pídeme que te suelte.* Se ven a los ojos. *¿Me retas? Pues sábelo de una vez, no te permitiré ocultar al niño. También es mío.* Entonces, sin razón aparente, la intrusa se resigna. Relaja los músculos, fija su mirada en la pared; de ahí escapa hacia la nada.

Hendrick afloja la presión. El brazo de Veba cae, igual a un peso muerto. Tras un minuto completo, recobra el instinto del animal acorralado y se empuja, apoyando los talones, hasta llegar al rincón más cercano. Con las rodillas dobladas y abiertas se integra, otra vez, al vacío. Hendrick sabe que si pasara su mano ante aquellos ojos ausentes, ni siquiera parpadearían.

¿A qué huele este niño?, se pregunta. ¿Al color de su piel? Lentamente destapa la cara, *tan pequeña...* Ahora lo tiene ahí, frente a él.

¿Qué esperaba? Preparó su alma para ese momento. Imaginó a la criatura, creó mil posibilidades; sin embargo, sus pensamientos lo traicionan. *La raza negra siempre predomina. El iris verde, azul o gris implica genes recesivos.* Por lo tanto, ese niño tendrá ojos negros. Las ideas lo asaltan, en jirones. *En Ghana o Sudán, también estaría sobre el suelo, para que se moviera a sus anchas.*

Reflexión y emociones se contraponen. *Es bastante feo. Bueno... diferente.* Si lo encontrara por casualidad, quizá lo juzgaría gracioso. *Los mendigos piden limosna mostrando al crío. Así despiertan la piedad de los transeúntes.* En verdad, ¿lo consideraría gracioso? *Cuando crecen, los huérfanos bailan en la calle.* ¿Querría regalarle unos centavos a un muchachito paupérrimo, que sonríe de oreja a oreja? *Es mi hijo.*

Recuerda frases dichas por señoras gordas, con pretensiones de liberales: ¡ay, qué bonito! ¡Parece de chocolate! *Dios, ¿qué esperaba?* Repite la pregunta, aunque no tenga respuesta.

La criatura flaca, larga, de un tinte más claro que el de Veba, mueve brazos y piernas. *Está vivo.* Ocupa un lugar en el espacio. Alivio y agobio lo asaltan, por turnos. Aunque se oponga, sus deducciones prosiguen. *Lo engendré. Es mío.* Cumplirá con su obligación, pero... *¡Siempre los malditos peros, siempre las objeciones! ¿Pero, cómo se relacionará con alguien tan distinto a él? La piel más clara que la de Veba. Ni negro, ni blanco.* ¿Quién tendría la culpa si rechazaran al niño? *Veinte mil musulmanas violadas en*

Bosnia. Abandonan a sus hijos porque su propia familia no las recibiría si vuelven con un bastardo. La gente detesta lo ajeno. Aquéllo que no considera suyo.

Veba debe reintegrarse a su pueblo: una aldea perdida, donde los habitantes mueren de hambre, SIDA... Faltan escuelas, clínicas, empleo. En aquel infierno, la criatura podría resaltar; por el contrario, si reside Europa, tan civilizada y culta, se convertirá en paria.

El tono de la piel amalgama a los miembros de una sociedad. *¡Que no me vengan con cuentos! Los negros también tienen prejuicios. Rechazan al extranjero.* Entonces, ese bebé, *ese mulato,* no pertenecerá a nadie ni se le admitirá en ningún lado.

El instinto, *la atracción primitiva del sexo,* lo unió a la madre. *¿Y a este niño? ¿Qué me une? Lo educará. Me acostumbraré.* ¿Nos acostumbramos a los hijos? ¿O simplemente se aceptan? *¿Los amamos desde un principio, desde antes que se anuncien, cuando todavía son un deseo vago, inconcluso? ¿ O cuando los vemos en el hospital, al discernir la semejanza con uno mismo?* Los consideramos nuestra prolongación, nuestra bofetada contra la muerte. En cambio tú, Hendrick... *Jamás planeé ser padre. Ante este hecho, no siento ni orgullo, ni dicha...* Acaso una enorme tristeza.

Algo humedece sus mejillas. Incrédulo, se tienta la cara. ¿Llora? Como no había llorado desde su infancia, rodeado por un silencio carente de esperanza. Un peso terrible le dobla las espaldas. Ansía abstraerse del entorno, *¡y no pensar, por Dios!*

Ni siquiera deseo volverme loco. Le gusta su vida, el éxito forjado paso a paso, el porvenir, *que es mucho, lo mejor, excepto...* Un sollozo lo sacude. Esa debilidad le causa vergüenza. El rubor sube por su garganta. En unos segundos se sulfura. *¡Basta!* Aprieta los labios y ordena: *míralo.* Gira. Estudia a Veba. *No oye. Está ciega y sorda para el mundo.* Baja la vista, contempla al hijo... De un manotazo se limpia esas lágrimas imbéciles. *Sólo esto me faltaba.*

Siente frustración y angustia. Las descarga golpeando la pared con el puño; un sólo golpe. Sin embargo, el niño empieza a lloriquear. Es la primera vez que Hendrick escucha ese sonido. *Los vecinos se darán cuenta.*

Como si recibiera un choque eléctrico, Veba recobra la conciencia. Toma a su criatura en brazos, mientras vigila a Hendrick. No le quita los ojos de encima y él comprende que, al primer movimiento brusco, desatará una reacción en cadena: miedo; después, histeria. En cámara lenta, retrocede.

El bebé se apacigua con la tibia cercanía materna. Hendrick regresa a su lugar, junto a la puerta. Desde ahí observa, sin participar. Él es el extraño. Por su mente pasa una serie de pinturas: *Madonna e Bambino,* la Virgen y el Niño, *Notre Dame et l'Enfant. El padre jamás los acompaña. Su papel se reduce a la manutención.*

Busca un cigarrillo. Desde luego, no lo encuentra. *¡Maldita sea! Dejaré de fumar. ¡Claro, lo haré!* En ese preciso momento, justo cuando está más nervioso controlará su adicción. Camina por el cuarto a zancadas: tres de ida, tres de regreso. Se pasa la mano por los cabellos. *Para todo hay una respuesta; dinero, la más fácil. Le asigno una mensualidad, le pago un apartamento, la visito, la protejo. Sigo con mi vida y… aquí no ha pasado nada.*

Va a la cocina y lo impacta la mesa puesta, la cafetera lista para percolar a las seis y media de la mañana. Tal previsión le causa gratitud; lo apacigua. Destapa un frasco. Escoge una galleta, la mordisquea, la deja a un lado. *Si ya lo decidí, ¿por qué me complico la existencia?* Le parece enfermizo angustiarse por algo resuelto. *Hoy hablo con ella.* Ahora. En ese instante. Consulta su reloj: cinco minutos para las seis. *¿Dónde se va el tiempo?* Apenas tiene suficiente: ejercicio, un desayuno rápido, cereal y fruta, desde luego, café recién preparado; después el trayecto a la oficina. Hablaremos a mi regreso. Sobre la mesa quedan algunas migajas. Sin darse cuenta, ha mordido y desechado dos galletas, *igual que los cigarrillos que apago a medio fumar.*

Entonces recuerda: *¡no le quité el pañal!* Aunque se dirige a la criatura como si fuera varón, en realidad ignora a qué sexo pertenece. *¡Dios!* Armaste una trifulca para nada. Sólo te queda reír o llorar.

No escoge ninguna de esas opciones. De prisa inicia la rutina diaria. Baja al garaje; enciende el auto. Cada semáforo en rojo le da un minuto entero para cavilar. *Se me ha vuelto una mala costumbre analizar los obstáculos desde diversos ángulos,* evaluándolos con detenimiento obsesivo. *El remedio: dinero y distancia.* Llega al edificio, saluda a la recepcionista. En su oficina verifica cada objeto: lápices, pluma, basurero, procesador de palabras, licorera, vasos. Todo en orden.

No siento cariño. Los sentimientos no surgen a voluntad. Qué fácil, *qué difícil, sería si domináramos nuestras emociones. Esto sí, aquello no.*

Se posesiona de su papel de ejecutivo. Karen, envíe ese fax al director general, por favor. Actúa a las mil maravillas, sin perder la compostura viril. Rectifique mi cita con Baumann. A las diez en punto, ni un minuto más tarde. *Veba, ¿aceptará mi dinero? Además de la pensión, le ofreceré una libertad sin condiciones. Así criará al hijo a su manera.* Si Baumann no pueda llegar a la hora precisa, cancele la reunión.

Toma el auricular, escucha y resuelve: no vendemos. *Actuando con inteligencia, Veba resolvería su vida.* Tiene una llamada por la línea dos, Herr Buchheim. Buenos días, Anton. Leí tu reporte y, con el mayor respeto, rehúso: compramos al precio base o a ninguno. Todo o nada. *Ya no dependería de mí. Seguirá bajo mi tutela, aunque sin ataduras. Una relación perfecta.*

Insisto: todo o nada. Tú decides. De pronto, el rencor lo ofusca. *Vino a Europa a conseguir dinero. ¡Tuvo ese hijo para explotarme!* Da un manotazo sobre un altero de papeles: Sí, Anton, acepto. Compraremos esas acciones bajo mi responsabilidad. *Pues bien: le doy más billetes de los que nunca imaginó.* Respira hondo, se rehace: Evidentemente, bajo mi entera responsabilidad.

Vuelve al apartamento armado de soluciones hasta los dientes: doce cheques al portador, pagaderos el primero de cada mes; un anuncio muy atractivo (solicito apartamento residencial, recámara, *living*, sin estacionamiento); el discurso convincente, razonable, *razonado durante horas*, en la punta de la lengua. Coloca el portafolio en el escritorio. Sin quitarse el saco, se dirige la habitación de su huésped. No toca, abre la puerta.

Sentada en el suelo, Veba apoya la mejilla contra el dorso de la mano. El silencio impacta a Hendrick: ni siquiera escucha su respiración. Ya debía estar acostumbrado a esa mujer muda, huidiza, cuya vida transcurre en la oscuridad. *Ella misma es una sombra.* ¿Lo había pensado antes, con idénticas palabras? Quizá, pues el tiempo, mi vida, gira formando un círculo repetitivo y asfixiante.

Continúa inmóvil. *En una pose clásica, aunque las mujeres melancólicas, del Romanticismo, eran blancas, rubias, de ojos azules. Cubiertas por gasas, daban una impresión de irrealidad. Ésta es burda. Una negra que contempla el vacío.*

Algo falta. Buchheim vuelve la cabeza. No lo ve. *¿Dónde está el niño?* El corazón se le desboca. Se hinca. Desde esa posición la observa. *No contempla el vacío, sencillamente no está aquí.* Ha dejado su piel negra sobre el suelo, sin un alma que la sostenga. Un cuerpo, con los pies juntos y las rodillas dobladas, abiertas.

La sacude. Al principio, despacio; luego, furioso. *Es inútil.* Mueve un peso exangüe. La cabeza, con la pañoleta roja de flores multicolores, se bambolea de un lado a otro. *Si prosigo, le romperé el cuello.* La suelta.

Veba se desploma. Permanece como cayó, en una contorsión extraña. *Podría matarla y ni se enteraría.* Caramba, ¿qué estupideces se te ocurren? *Matarla.* Se toca la frente. Le duele, adentro, más allá del cerebro.

Corre al baño, abre el botiquín y toma dos aspirinas. *¿Dónde está el niño? ¿Qué mierdas hizo con el niño?* Cuando regresa, encuentra la puerta cerrada. Ante esa barrera siente alivio. *No abrirá.* ¿En qué momento salió Veba de su apatía? *¿Esa ausencia se cataloga como un síncope? ¿O sólo finge? Me engaña con la mano en la cintura. ¡Hace conmigo lo que quiere!* ¿Una negra? ¿Lo que quiere? *Porque yo le endilgué un hijo. No es muy difícil entenderlo.*

Estaba dispuesto a llegar a un acuerdo. *Puse todo de mi parte: buena voluntad, dinero, soluciones rápidas.* Ella deshizo el plan, acabó con la posibilidad de entablar un diálogo. *Me cerró la puerta en las narices, ¡en mi propia casa!*

Harto. *Más que harto.* Desearía agarrar el tiempo y suprimir ese momento, el instante en que retrocedió para admitirla. *Desde ahí andan mal las cosas.* ¡Él, Hendrick Buchheim, recula para que una ilegal invada su casa! Entonces recuerda: también lo ha pensado en el centro de Ayuda Social, durante su declaración...

No pega un ojo en toda la noche. La punzada aquella, interna, agudísima, aumenta hasta casi cegarlo. *Seguro tengo fiebre.* Hace un esfuerzo fenomenal: no gime. Sudando, desabotona la camisa de la pijama. Poco después tirita y la abrocha. Durante horas se revuelca sobre la cama. Al fin capta una tenue claridad. Amanece.

La luz entra a raudales. *Olvidé cerrar las cortinas.* Los párpados le pesan y el dolor sigue ahí, desde la noche anterior, taladrándole las sienes. Necesita... *sí, necesito llorar...* un sollozo, un desahogo. Al fin admite su impotencia. *¡No!* No se convertirá en un mariquetas, con el moco suelto. *Un baño caliente me calmará los nervios.* ¡Caramba, un hombre de pelo en pecho toma baños de asiento para tranquilizarse! Desde la época de tu abuelo al presente, han cambiado mucho los tiempos, Hendrick. Él, héroe de la guerra, tú...

¿Dónde está el niño? Tiraré esa puerta a patadas. Mientras anuda las agujetas... *¡Me cago en Dios, no revisé el presupuesto y necesito entregarlo hoy, precisamente hoy, martes!* A pesar de la jaqueca, en un tiempo récord comprueba cifras, datos, fechas. No hay errores.

Llega al cinco para las nueve. Impecable, oliendo a colonia y sin una arruga en el traje. Por excepción, no es el primero en llegar a las oficinas donde impera; los empleados ya ocupan sus puestos. Lo saludan respetuosos. Un viejo se inclina unos centímetros, a la antigua usanza. El gesto podría pasar inadvertido, pero no para Hendrick. Él paladea la sumisión de sus ayudantes.

Y, si le hablara a Veba por teléfono, ¿contestaría?

En la cocineta, su secretaria sirve azúcar, crema. Luego revuelve el café con una cucharita. Coloca otra, limpia, sobre el plato. Buenos días, Karen. Acepta la taza acompañada por una sonrisa muy femenina, de dientes parejos y blancos. Al sostener el platito, Hendrick nota que su mano tiembla. *Claro, llevo veinticuatro horas sin dormir.* Gracias al cielo, la joven no percibe esos detalles: se distrae coqueteándole.

Ocupa su trono. Ahora, ¡a despachar los asuntos del reino! *Veba ni se molestará en contestar. Dejará que el teléfono suene. Así es ella, una inconsciente.*

Karen le muestra la agenda. Su escritura fina, elegante, provoca una emoción profunda en Hendrick. *¡Cuánto desearía no tener problemas!* Entonces aspiraría con fruición el aroma del café mezclado con el de los escritorios y procesadoras, apreciaría el forro de cuero de la libreta, su nombre en letras doradas. Evalúa a su secretaria, discretamente vestida, el cabello recogido tras las orejas. *Nos parecemos como dos gotas de agua.* Ambos entregan lo mejor de sí mismos a la Compañía, planean progresar, conocen sus cualidades y aciertos. Si la abrazara, la mantendría unos segundos contra su pecho para agradecerle que exista. Tan cerca, descubriría un elemento sutil en la atmósfera, la lavanda que identifica a esa mujer.

El timbre del teléfono lo sobresalta. ¡Alguien encontró al niño! Karen toma el auricular. Cubre la bocina para informarle: tiene una llamada por la extensión 26, Herr Buchheim. *¡Veba! ¡Me llama Veba! De alguna manera consiguió el número...* Nicholas Solomon, de Prokter and Gabble, solicita su opinión. Gracias, Karen. La voz con acento foráneo dispara preguntas y Hendrick invierte varios minutos en aclarar propuestas. Apenas cuelga... *¿Dónde está el niño?* Pretende creer, y no cree, que lo encontrará sobre el tapete, al lado de su madre. Herr Buchheim, el director lo espera en el restaurante a la una. Gracias, Karen.

Se yergue como autómata. Camina hacia el elevador, oprime un botón. Cuando las puertas se cierran, ajusta la corbata. *¿Qué hizo con esa criatura? ¿Lo entregó a su gente? ¿Alguien la encubre? ¿Lo regaló?* Aun entre los ilegales hay personas ricas: padrotes, falsificadores, traficantes. *¿Lo vendió?* No. Definitivamente no lo vendió. *Si las posibilidades factibles se agotan, sólo quedan las otras...* Las otras se relacionan con la muerte. *De nuevo el melodrama, coño.*

Transpira a mares. Siente la camisa mojada bajo los sobacos. Piso treinta y cuatro. Las puertas se abren. Incómodo, mira a la derecha e izquierda. Nadie le presta atención. Sale.

El comedor lo recibe con sus ventanales enormes, cortinas transparentes, vajilla de Limoge. El maître le dedica una sonrisa cortés. Buenas tardes, Herr Buchheim. Hay un tono servil en tales palabras, al parecer inocuas. Mostrándole el camino, añade: mesa doce, como de costumbre.

Saluda a su jefe, Herr Gustav Fronsberg, quien le presenta a dos socios extranjeros. Un mesero le da el menú. ¿La especialidad de hoy? Ostras, señor Buchheim. Posa los ojos en la hoja marfileña, pero las letras se borran, mientras el pensamiento se desboca. *Hay dos posibilidades. Primera, el niño murió. ¿Y a usted?* El mesero aguarda, bolígrafo en ristre. ¿Qué le servimos? Hendrick enfoca la vista, parpadea. Necesita salir del aprieto a como dé lugar. *Los clientes de la Compañía creen que tengo mis cinco sentidos puestos en esta reunión, la más importante del mundo.* Ostras, por favor.

Los comensales, de trajes oscuros, corbata roja y camisa azul claro, sazonan los platillos con una plática interesante, donde Hendrick, el *wunderkind*, destaca. En media hora compone el mundo. Fronsberg lo mira, satisfecho, igual que si fuera su primogénito. Cierran la sesión con un coñac y prometen repetir, a la brevedad, tan grata experiencia.

Apenas se quedan a solas, Gustav recobra su semblante adusto. A manera de felicitación, dice: apuesto a que tenemos ese contrato en la bolsa. Tómese la tarde libre, Buchheim.

Durante el trayecto al apartamento, un rayo de optimismo lo induce a fantasear. *Veba amamanta al niño. En este preciso instante amamanta al niño.* Lo entona como una mantra; sin embargo, aun en su utopía falta un bulto, pequeño e insignificante. Un bulto vivo que lucha por permanecer. *No, por favor, cursilerías, no.*

La luz del semáforo cambia a verde. Oprime el acelerador mientras reanuda sus conclusiones, sopesando cada idea con sumo cuidado. *Nació débil, por tal razón no lloraba.* Un embotellamiento de tránsito entorpece la circulación. Los conductores se impacientan. A Hendrick, por le contrario, le resulta indiferente esa molestia.

La luz cambia a roja. *Murió.* ¡Los bebés son tan frágiles! *Muerte de cuna. Paro respiratorio. Y Veba...* Frena, cediendo el paso a los transeúntes. *La acusarán de asesinato. ¿Quién? ¿Quién la delatará? ¿Sus familiares?* Una anciana le agradece la cortesía agitando la mano. *Nunca registró a la criatura. Un niño, sin apellido ni derechos legales, no existe para nuestra sociedad. Jamás existió. Ni siquiera para su madre.*

Al fin se despeja la calle. *Veba tampoco existe. Mientras nadie constate su presencia, puede hacer y deshacer a su antojo.* Un policía señala un carril. ¡A su izquierda! ¡Aprisa, aprisa! Le parece extraño que el anonimato proteja toda suerte de crímenes. *Por el contrario y para su desgracia, los ciudadanos identificados con pasaporte, pago de impuestos, licencias y tarjetas de crédito, deben comportarse con decoro o...*

Y segunda... la segunda posibilidad... Hendrick no logra enunciarla. Su mente ya la niega. Sus manos aferran el volante. Debe expresar su angustia antes de que lo consuma una depresión o estalle en actos violentos. *Lo mató. Veba mató al niño.*

Las ideas inconexas botan en su cerebro. Debates sobre la eutanasia, *¿dónde?*, programas de televisión, ensayos, artículos en el periódico... Se esfuerza por localizar el dato para relacionarlo, de alguna forma con el presente. *En Bélgica, hace cuarenta años, recetaban Talidomina durante el embarazo.* Desafortunadamente, la droga milagrosa, que disminuía la náusea matutina, también creaba monstruos. *Nacen bebés sin extremidades, una cabeza pegada al tronco. La acusada puso barbitúricos en el biberón.* Fue una muerte dulce, rápida. Muchos consideran un privilegio morir durante el sueño. *El juicio duró meses.* La culpable salió libre porque el jurado aceptó el motivo del asesinato: amaba a su hijo.

Tu bebé estaba sano, Hendrick. *Débil.* Habría vivido. *Veba nunca lo llevó a que lo examinara un pediatra.* Al fin distingue el edificio donde vive. Oprime el control. La puerta se abre. Ante ese espacio silencioso, donde los automóviles se alínean uno tras otro, sus deducciones se modifican. *El pobre hubiera sobrevivido... escondiéndose de la policía, explotado, trabajando dieciséis horas diarias por un plato de comida.* Esa mujer belga amaba al hijo. *Lo mató por amor, para salvarlo de su destino.* Igual que Veba.

Al entrar, las lámparas se encienden. Estaciona el coche. La luz, demasiado intensa, daña sus pupilas. Sentado en su auto último modelo, con vestidura de gamuza beige, siente claustrofobia; pero, si bajara la ventana, aspiraría el olor a gasolina y aceite.

¿Veba lo mató porque yo lo rechazaba? ¡Como si le importara tanto mi opinión! Ni me toma en cuenta. ¿Entonces? ¿Qué pasa? Conteniendo la respiración, se refugia en el elevador. En ese cubículo de aluminio, el aire huele menos mal. *Yo mismo podría haberlo matado. Bastaba con cubrir nariz y boca durante unos minutos...*

Elige un botón, sin enterarse de lo que hace. *Un asesinato impune.* El aparato produce un ruidito metálico. Por la ranura de las puertas al cerrarse, cada vez más estrecha, percibe destellos de colores metálicos... *matar a alguien que legalmente no existe.* El ascensor se pone en marcha. *Dar rienda suelta a instintos primarios, sin que nadie intervenga, significa... ¡el regreso a la barbarie! ¿Por qué pienso esto? Tal posibilidad no existe. Yo no asesinaría a un indefenso.* Tras cuatro, siete, ocho segundos, llega a su hogar. *Soy un ente moral, digno.*

Introduce la llave. ¿Iniciará una averiguación? *Sería meterme en camisa de once varas.* Por principio de cuentas, ¿cómo prueba la existencia de esa criatura? Si lo lograra, posteriormente, denunciaría el crimen. *Cancelemos esa opción, Veba no mató a nadie.*

Acomoda el paraguas en el perchero. *Comprobar una existencia efímera causa tremendos problemas. De buenas a primeras, Veba también deberá existir.* Y comprobada su existencia, al día siguiente la sacarían del país. *¿De dónde proviene? ¿A qué sitio de África regresaría?* Si la Ley aceptara su presencia, el sistema se pondría en marcha. Los ilegales carecen de derechos; si acaso los tienen, pocos los respetan. Por el contrario, pueden ir a juicio... *¿y recibir sentencia, y cárcel?* Se pasa la mano por los cabellos. *Siembra vientos y recogerás tempestades.* Mejor así. *No movamos las aguas.*

Se aproxima a la habitación de la criada. Pega el oído contra la puerta. Nada. Ni un suspiro corta el silencio, *la paz*, del recinto. *Como si habitáramos un templo.*

No tiene hambre; hasta un té le causaría náuseas. Se desviste. Hunde su cuerpo en el colchón. Cierra los ojos. *Regaló al niño a su propia familia, más bien, a una pareja de millonarios o a una mujer estéril.* Las posibilidades surgen a borbotones. *No me opongo. Hizo con su hijo lo que se le antojó. Sin duda pensando en su bien, sólo en su bien.* La confusión mental aumenta, se desborda. *El pobre será más feliz rodeado de cariño, de aceptación.* Bienaventurados los pobres. *¿Pagarle su educación? ¿En qué cabeza cabe? Tratando de imponer mis decisiones hubiera sostenido una lucha perpetua. Veba habría puesto al niño contra mí con tal de socavar mi autoridad. A ella le parecería perfecto que creciera como un salvaje.* Bienaventurados los que tienen hambre. *Quizá era niña. ¡Era niña! Entonces, imposible establecer un puente con la chiquita. Yo no entiendo de monerías, casas de muñecas, ni vestiditos rosas. Fue niña, ahora estoy seguro. Las niñas caben en cualquier parte. Trabajan como mulas. Cuidan a sus hermanos, a los enfermos y a los viejos. Cocinan, lavan, acarrean agua...* Bienaventuradas las que piden justicia. *La gente las vende, las prostituye. Se las pelea para adoptarlas porque son dóciles, obedientes, bonitas, generosas, una verdadera bendición.*

Duerme doce horas seguidas. A la mañana siguiente, una calma total embarga su cerebro. Se siente exhausto, igual que si acabara de salir del quirófano; al mismo tiempo, nada altera su serenidad. *Soy ajeno a esto.* La expresión "lavarse las manos" adquiere un significado más profundo. Entiende el alivio que inundó a Pilatos cuando afirmó: no soy responsable del derramamiento de sangre inocente.

Si quisiera, Veba se confiaría a él *y ambos abriríamos nuestra muy particular caja de Pandora.* Mas, si ella prefiere ignorar lo sucedido, *no la presionaré. Lo que no se menciona, desemboca en olvido. Lo que se olvida, no existe.* Y hasta ahí. *No voy a empezar de nuevo.*

Ejercicios, baño. *Lo de siempre.* Con una variación: su rutina le parece magnífica. *Estreno este día, flamante, inédito, y lo saboreo como nunca antes.*

Porque hoy tiene tiempo e inclinaciones de sibarita, se rasurará frente al espejo. Espuma el jabón, *como mi abuelo*. Lo esparce sobre las mejillas. Escudriña su rostro. Ni por un instante baja los párpados. *Yo no la forcé, no la obligué a cometer un crimen... ¿cuál crimen? Desconozco los hechos*. Por lo tanto, insiste, *no haré conjeturas idiotas*. Sostiene la navaja sin que su mano tiemble. Si algo le molesta es una cortadura en la mejilla. Se enjuga con una toalla caliente. Escoge su loción. La esparce sobre mejillas, sienes, cuello... Una rasurada perfecta. *Cualquiera me tomaría por un oficial prusiano, a las órdenes de Guillermo II*. Sonríe a su reflejo. De pronto cavila: *hace tiempo no practicaba este gesto*. Sonreír. Parece tan fácil.

Prepara café; le agrega dos cucharaditas de leche en polvo, una de azúcar. Ante ese inmenso alivio, siente... ¿Remordimientos? Unta el pan con mantequilla. *No, algo más leve. Una pequeñísima desazón en el alma*. Sin embargo, ni siquiera lo incomoda. Paladea su café, admira la mañana llena de sol y aire puro. *El niño ya no está aquí. ¿Alguna vez estuvo?* El apartamento vuelve a pertenecerle. Ya no lo despertará un llanto a destiempo, ni temerá la curiosidad de los vecinos.

Llega a la oficina temprano y, a solas en el elevador, silba una tonada popular. *La felicidad es un acto de voluntad,* determina, resuelto.

Aunque se mantiene tranquilo, sufre recaídas. Pero, cuando el cerebro le juega sucio e intenta desviarse por vericuetos sombríos, ve una película o la televisión, habla con sus compañeros de trabajo, invita a sus clientes a los mejores restaurantes y alarga la sobremesa para deslumbrar con su intelecto.

Se inscribe en un curso de español, por si la Compañía abre mercados en América Latina. Planea ingresar a un coro. *Mi madre siempre dijo que heredé su voz*. Obedeciendo un impulso, le telefonea. Menciona temas vitales: clima, economía local, catástrofes, salud, contaminación. Evita temas espinosos. Al final se despide, contento de salir tan bien librado. Promete: te llamaré en una semana; pasarán meses antes de que cumpla su palabra.

Veba me evita. Ya había sucedido. Ante un problema, se encierra a piedra y lodo, tanto en sí misma como en su habitación. Jamás enfrentará la realidad.

La sensación de vivir en un tiempo circular me pone los pelos de punta. El presente se repite porque la rueda, nuestra vida, pasa por el mismo sitio. ¡Y no hay escape posible! Claro, existe una alternativa, siempre existe: gozaré cada momento, repetido o no, aunque tenga que hacer un esfuerzo gigantesco.

Día a día agradece su liberación. *Me salvé por milagro. Ahora sólo debo tomar ciertas precauciones para no pensar en... en eso...* el niño, Veba, responsabilidades, moral, conciencia... "eso".

Lo logra a medias porque Veba todavía ocupa el cuarto sin muebles. Ese estar sin estar concreta su presencia. Le da una fuerza brutal que invade el subconsciente de Hendrick. Aun en sueños *me hace falta* y, ciertas noches, al despertar mojado en su propio semen, evoca la piel oscura, húmeda, el hueco entre las piernas delgadas y largas. *Carece de suavidad como la mujer europea.* Precisamente, por tal razón añora aquellos episodios, cercanos a la violación, en que él se impone y ella permanece rígida mirando el suelo. Hasta que la obligaba a gemir bajo sus manos. *Gozaba sin quererlo.* Peina sus cabellos rubios, donde ella enterraba sus dedos; el lóbulo de la oreja, donde lo mordía.

Por otra parte, en su calidad de sirvienta, plancha, cocina, zurce, pule, lava, sacude... y la pulcritud del apartamento, aquella armonía perfecta, destaca la necesidad de conservarla, cual aditamento que resuelve todas las tareas domésticas.

Pasan dos meses sin que se le ocurra "visitar" a Veba. Las consecuencias de una copulación, forzosa o voluntaria, lo aterran. ¿Otro embarazo? *¡Ni loco!* ¿Recurrir al condón y disminuir el placer? *¡Ni loco!* Además, lo irrita la tristeza que la negra proyecta y que él interpreta como un reproche silencioso.

Entonces sucede, exactamente, lo que planeó. ¿Por eso resalta entre los demás? *Preveo y actúo en consecuencia.* La Compañía expandirá las operaciones y su jefe, *el buenazo de Fronsberg,* requiere a un ejecutivo que hable español para enviarlo a México. ¿Hendrick Buchheim? Ni mandado a hacer.

Los detalles, idénticos a la maquinaria de un reloj, marchan sin contratiempos. Hendrick devora cuanto libro sobre América Latina cae en sus manos. Así evitará equivocaciones grotescas. No cree (ni nunca creyó) que en México los indios duerman la siesta bajo un cactus. *Nopales y magueyes se están convirtiendo en una especie en peligro gracias a la producción acelerada del pulque y el tequila.* Ese lío, desde luego, no le atañe. *Hoy pediré un Margarita en la comida.*

Le aumentan el sueldo. *Pagan mi imagen: rubio, ojos azules, blanco, alto... porque México, América Latina y los otro cuatro continentes son tan racistas como los europeos. Llegaré a territorio conquistado. Ni más ni menos que el regreso de Quetzalcóatl. Las coincidencias no existen.*

Mientras se afinan los detalles para el traslado, Herr Fronsberg adopta un aire paternal que no cuadra con su carácter. Lo llama a su oficina dos veces al día. Durante las comidas, no pierde oportunidad de endilgarle consejos. *Quetzalcóatl Buchheim,* vamos a introducirnos en un mercado oscilante, poco seguro, hasta lo catalogaría de conflictivo. No se preocupe, Gustav. Los retos sacan a relucir nuestras mejores armas. Pondré mis cinco sentidos en esta operación y obtendremos un éxito rotundo. Me agrada su optimismo, muchacho; confío en usted.

El viejo lo mira con fijeza, casi con ternura. Al fin se decide. Le haré una pregunta estrictamente personal. Los empresarios también tenemos un lado humano, ¿verdad? Suelta una risilla nerviosa, carraspea: ¿no le gustaría casarse? Disculpe... no me refiero necesariamente al matrimonio. Volveré a formular mi pregunta: ¿mantiene una relación estable? Hendrick suaviza su gesto para que la respuesta suene menos abrupta: No. Aun así, la negación seca, sin excusas, rebota en el restaurante enfriando la atmósfera. Durante la pausa, el *wunderkind* se lleva un pedazo de pan a la boca y lo mastica, aparentemente ecuánime. Aquel intervalo permite que su jefe se limpie los labios, titubee, tome la copa, beba.

Según nuestra experiencia, agrega Fronsberg, la adaptación a otro medio sólo se lleva a cabo si enviamos a una familia bien constituida. Los solteros... pues... hormona mata neurona. Los dos sonríen, como si el mandamás hubiera dicho una broma original. Algunos de nuestros ejecutivos se casaron con chicas latinoamericanas y vivieron una pesadilla durante su destierro. Se detiene y aclara, confidencial: así llamamos a la estadía de cinco años en otro país. Yo no lo consideraría un destierro, Gustav. Este viaje significa, para mí, una gran oportunidad. Rebasaré nuestras metas aplicando la teoría al medio. Conoceré una cultura diferente, una manera distinta de actuar. Conquistaré mercados casi vírgenes. Su jefe lo estudia. Al cabo reanuda: pues bien, algunos matrimonios terminaron en divorcio y las leyes locales siempre protegieron a la madre, otorgándole la custodia de los menores. Fue imposible sacarlos del país. En el caso que conozco, de manera muy íntima, la pérdida del hogar, esposa e hijos, desquició a nuestro ejecutivo. Literalmente se desmoronó. Rescindimos el contrato, lo cual agravó la situación emotiva de... Prefiero no mencionar nombres. Aunque el seguro médico pagó hospital, tratamiento psiquiátrico, etcétera, etcétera, hubo una demanda en contra nuestra. La Compañía perdió una suma significativa. En fin, si el remedio es tan sencillo, pongámoslo en práctica. ¿No le interesa casarse, Buchheim?

Lo sulfura que alguien, *hasta el imbécil de Fronsberg*, interfiera en su vida. *Calma*, se aconseja. *No pises en falso.* Cuando cree que su voz sonará natural, replica: Ni por asomo calculé que una de las condiciones para ascender fuera el casamiento.

Su jefe alza las cejas. ¿Condición? ¿Pronuncié esa palabra? Sugerí lo siguiente: no deje pasar demasiado tiempo. Por una extraña fatalidad, los solteros jamás han ocupado el puesto de director general. Acháquelo al carácter conservador del sistema. Sonríe a medias, obligando a su subalterno a medio hacerlo.

Un segundo después, Hendrick endurece su expresión hasta que parece cincelada en piedra. *Gustav, yo también quiero sugerir algo: métete tus consejos por donde mejor te quepan.* Su réplica adquiere un matiz áspero cuando afirma: Le agradezco su sinceridad, Herr Fronsberg. Corresponderé de igual forma. *Calma*, insiste, *que no parezca un desafío.* No tengo novia, ni voy a tener. Una mujer entorpecería mi trabajo. Sin embargo, la Compañía no debe preocuparse por mi estabilidad mental. Se lo aseguro, no me casaré en México, ni en ninguna parte, y, además, seré el primer soltero que ocupe el puesto máximo, el de director general. Para eso cuento con su ayuda.

Fronsberg lo observa con detenimiento. ¿Planea dedicarle su vida a la empresa, Buchheim? Por completo, sentencia Hendrick, sosteniéndole la mirada. Vaya, vaya, se regodea su jefe. Compartimos muchas características. Desde mi divorcio, yo también soy un solitario. Además, usted me recuerda a... Gracias, Gustav, lo interrumpe. *Hoy no soportaría sus confidencias; menos todavía que me compare con su hijo muerto.* Le agradezco que hayamos tratado mis asuntos personales de una manera tan... amistosa. De otro modo, bajo ninguna circunstancia lo hubiera permitido. El viejo mira hacia las ventanas. Le disgusta que un empleado le marque límites. A un tiempo, le atrae esa firmeza de carácter.

Mientras termina el coñac debe decidir si Buchheim, el muchacho maravilla, podrá adaptarse a un nuevo entorno, México. Sopesa cualidades y defectos. Deposita la copa sobre la mesa y al fin añade: prosiga con los preparativos. Pierda cuidado, señor. Todo estará listo antes de la fecha.

No hay más que agregar; sin embargo, Fronsberg continúa tanteando posibilidades. A tu regreso, Hendrick... El tuteo destruye una barrera imprescindible. Sin embargo, es demasiado tarde para retroceder. A tu regreso, si nuestra estrategia funciona como planeamos, ingresarás al club de la Compañía. Ojalá aprecies este privilegio. El aludido guarda silencio, mientras las palabras se diluyen en el aire.

Supongo que estará de acuerdo con esto, muchacho, añade, restableciendo las diferencias que aún los separan. La verdadera camaradería exige correspondencia de admiración y confianza, además de metas comunes, entre personas de la misma cultura, raza y clase social. ¿Entiende a dónde quiero llegar? *Me lo imagino... Aunque quizás estoy calzándome las botas antes de espinarme.* ¿Un club de sibaritas donde florece el amor? *¡Me cago en...!* Traga saliva; asiente. Yo propondría su candidatura al club. Como miembro numerario, reemplazará a mi hijo Walter. Se lo agradezco, murmura Hendrick, bastante incómodo. Ya habrá tiempo de bordar sobre el mismo tema, concluye Fronsberg, alzando la copa. Brindan en silencio. Apenas terminan, se despiden. Aparentemente, nada ha cambiado.

En su oficina, Hendrick borra ese incidente. Por el momento, no vale la pena darle un segundo o tercer sentido a las frases de su jefe. Se concentrará en lo que la fortuna le depara. *El destino, o como quiera llamársele, me libera enviándome a otro continente.*

Coge su portafolios. Ahora puede cortar sus ataduras sin sentimientos de culpa. *Veba no tiene pasaporte. Y yo no moveré un dedo para que lo obtenga. Una sola vez rompí las normas y trastorné el orden universal. Casi destruyo mi vida, pero aprendí la lección. ¡A ningún precio me involucraré en un fraude!* ¡Pagar por un documento falso? ¡Ni *por equivocación! Además, ¿a qué la llevo a México?* Allá abunda la mano de obra barata... *Cualquiera contrata a una criada por unos cuántos euros. Ni siquiera extrañará sus servicios. ¡Dios, me ofrecen una vida sin estrenar en bandeja de plata!* No la pidió: se la otorgaron. ¿Remordimientos? *¡Al diablo!*

Se dirige al estacionamiento de la Compañía, saca el coche. El tránsito avanza con lentitud. Eso no lo irrita; al contrario, le da tiempo para que localice el 950 de la radio. Tocan... *¡Wagner! ¡Tanhaüser!* Vaya suerte: hoy nada puede salirle mal. Canta a todo pulmón. Al terminar, le cosquillea la piel. Analiza sus manos. Demasiado blancas. Debería asolearse un poco. Lo hará cuando esté en México. *Veba querida, auf wiedersehen.* Fue bueno mientras duró; ahora, despídanse sin amargura. *Quizá, algún día, el azar nos reúna. Entonces pensaremos, con mucha tranquilidad, en el futuro.*

Un sol esplendoroso se esconde tras los edificios. ¡Hace tanto que no admiraba un ocaso! Durante las crisis interminables del último año, perdió su sensibilidad estética. Las transformaciones de la naturaleza ya no le provocaban emoción. Sin emabargo, esa tarde en que renace, aprecia un cúmulo de ocres contra verdes oscuros, azules intensos sobre blanco... Como un prodigio, como si tuviera una paleta entre las manos para pintar el mundo a su antojo.

Liebling, mein liebling Veba, a ti también se te presenta una oportunidad grandiosa. Permíteme explicarte. Al invadir mi casa, tuviste la mesa puesta y ya no hiciste ni el más mínimo esfuerzo. Aún aquí, en plena civilización, habrías logrado forjarte un sitio para ti sola.

¡Desde luego! Si escapaste de una aldea donde reinaban promiscuidad, torturas, suciedad, escasez; si cruzaste el océano, montes y valles, o el desierto, o todo junto, para llegar a Europa, ¿cómo no ibas a conseguir empleo? Hasta te hubieras inscrito en una escuela nocturna y, entre tus condiscípulos, habrías encontrado un hombre... ¡Sin la menor duda! Tú estás hecha para el matrimonio... con alguien de tu medio. Adoras las labores domésticas, cocinas a las mil maravillas... nunca te quejas, aunque trabajes como negra. Suelta la carcajada. *Es una manera de hablar, Veba. No lo tomes a mal.* Observa el semáforo. *No me ha tocado ni un alto.* Oprimiendo el acelerador, enfila hacia la derecha. *En realidad, acepto mi culpa. Al darte refugio te volví dependiente. No, no busco pretextos; tampoco eludo mi responsabilidad. Te regalaré doce mensualidades; d-o-c-e. Nada te faltará. Ni a ti, ni a...* Basta, Hendrick, jamás lo recuerdes. Aquello pasó a la historia. *Empieza un negocio Veba, anuncia que conseguiste una magnífica dote y... ¡te casas en una semana!*

La puerta del garaje se abre. Hendrick frena despacio, gozando la elegancia del auto, la perfección del motor. *Mejor dinero en efectivo porque quizá el banco ponga obstáculos para pagarte mis cheques. No tienes identificación, ¿recuerdas? Te daré billetes de baja denominación.* Silbando, se dirige al elevador. Entra. Pasan cuatro, cinco, ocho segundos. Con las manos en los bolsillos, revisa el cubículo, donde no hay ni una pizca de polvo. El aparato se detiene. Introduce la llave en la cerradura. Empuja. *¡Mi apartamento! ¡Qué grato retorno a su hogar! ¡Mío, esto es mío!* Nadie se lo dio, lo adquirió con su trabajo.

Escoge "La Heroica" y sube el volumen. *Hace mucho no siento una felicidad tan completa, tan genuina...* Buscando la frase justa para expresar su estado de ánimo, se rasca la entrepierna. Su alegría se transforma en placer. En segundos tiene una erección. Automáticamente se desviste y, al sentir el mármol bajo sus pies, reduce su urgencia física a un nombre: *Veba.*

Necesita a la negra. La penetrará por última vez, sabiendo que no habrá nostalgias cuando se separen. *Pues de eso se trata, ¿no? Al cerrar un círculo, cancelamos una época y, con mayor experiencia, iniciamos la siguiente fase.*

La encuentra tirada en el cuarto sin muebles, hojeando una revista. Cruzan una mirada y ella se incorpora. Mientras la desnuda, Hendrick rememora escenas del Kama Sutra, excitándose al máximo. *Me encanta que no use pantaleta, ni sostén.* Le besa el cuello... la pendiente de los senos... En su relación nunca existió la menor delicadeza: pero, tras varios meses sin descargas sexuales, Hendrick aprecia, aún más, esa libertad de acción. *Con ésta puedo hacer lo que quiera.*

Sus dedos y su lengua la recorren. Recupera la piel negra, el olor fuerte que lo repele, atrayéndolo. De pronto, Veba se aparta. Lo mira por un instante y adivina su intención: a ahorcajadas. Cede bajo sus manos, se amolda al ritmo que él marca. El gozo lo invade. Aprieta los párpados; al borde del orgasmo, se contiene. Le causa orgullo alargar la cópula; así demuestra el dominio que tiene sobre sí mismo y sobre su pareja. Cambian de posición. En la última, se desfoga a sus anchas.

Terminan echados en el tapete, contemplando el techo. *Fue magnífico.* Se vuelve, todavía deslumbrado por aquel encuentro. *Todo le gusta. Acepta todo.* Al cabo de un rato, enfoca las pupilas. *Un techo sin manchas.* Recuerda el sótano, su recámara. *Ha pasado una eternidad desde entonces.* A tal grado que ni siquiera se identifica con un estudiante pobre. Sus reflexiones siguen vericuetos extraños. De repente, discurre: durante el coito oí gemidos. *¿Fui yo? ¿Ella? ¿Ambos?*

Tiene una idea. *Voy a filmarme...* Comprobará si ha demolido las barreras que le heredaron su madre y una educación prusiana. Su timidez lo obligaba a comportarse como un caballero, aun mientras fornicaba con sus escasas amantes. ¿Y el resultado? *Una frustración total.*

Prepara la videograbadora. El rubor escala su cuello hasta las mejillas. *Actúo igual que un adolescente. Probando, uno, dos, tres... No, desde luego que no. Los adolescentes, con las hormonas desatadas y granos por toda la cara, aceptan lo que les den. Una prostituta les parece sensacional. Algunos la idealizan y la suben a un nicho. Esto se supera con la edad. Los adultos necesitamos innovaciones para mantener el interés sexual. De otra manera, la costumbre merma el erotismo.*

Los preparativos lo enardecen como un afrodisíaco. Cuando el escenario está listo, Veba contempla su pecho musculoso, cubierto de vellos rubios, la cintura, más abajo. Le tiende una mano. Lo acerca. Gira el rostro hacia la cámara y permanece quieta durante varios segundos.

Pasa su lengua alrededor de la boca de Hendrick; le lame las gotas de sudor. Después se acaricia los senos y genitales. *Esto quedará en la película.* Tal pensamiento le provoca un deleite perverso, intensísimo. Veba se hinca, en la misma posición que una hora antes. *Acepta todo. Todo le fascina.* Ambos coordinan sus movimientos, como si hubieran practicado durante años. Los meneos se prolongan; el orgasmo supera al primero. Hendrick lo califica como estupendo, ¡perfecto!, pues aparte de la satisfacción sexual, admira su virilidad. *No cualquiera dobletea en un tiempo récord.*

Cuando ve la cinta, apenas reconoce su voz, la cara congestionada, las manos que guían las caderas, acercándolas a su cuerpo, alejándolas un poco, más y más rápido. El éxtasis lo convierte en un animal que jadea, bufa, se atraganta y, casi al final, grita. Aquel sonido, primitivo y veraz, revive el clímax que experimentó hace unos minutos. *Magnífico, fue magnífico.* Tantas emociones lo dejan exhausto. Si aquella mujer pasara los dedos sobre sus ingles, aullaría. Apoya la cabeza en el muslo de Veba. *Sólo falta un cigarrillo... y el humo, en volutas, ascendiendo al techo.* La olfatea. Paladea el contacto de su mejilla con la piel gruesa, increíblemente tersa. Despacio, se adormece... Luego, cual una bendición, sus pensamientos cesan.

Horas después toma un baño. En bata, se sirve un coñac. Por un momento, desea borrar la grabación, ya que, entre más tiempo pasa... ¿lo cohíben sus actos? *No, simplemente me sorprenden.* Sin embargo, *no me cambiaría por nadie.*

Coloca el licor en la mesita de noche. Lee un rato, hasta que las letras bailan frente a sus ojos. Apaga la luz. A las cinco y media suena el teléfono. Hendrick se sobresalta. Al coger la bocina, tira la copa y el aguardiente mancha la alfombra. Aturdido, enciende la lámpara. Aquí Hendrick Buchheim. Buenas días, habla Gustav. Parpadea, tratando de concentrarse. Buenas días, Herr Frons... Su jefe lo ataja: ocurrió una catástrofe. Olaf... ¿Quién?, bosteza Hendrick. ¡Olaf Hitzler, replica el viejo, impaciente, nuestro director general en México! Ah, sí, Hitzler, confirma, mientras su voz adormilada recupera el timbre habitual. Sufrió un ataque cardiaco; el subdirector está de vacaciones y no lo encontramos por ninguna parte. La noticia lo despabila.En dos segundos se sienta sobre el borde de la cama, con los sentidos alerta. Los demás ejecutivos son mexicanos y no les tenemos demasiada confianza. Así que te reservaron un boleto. Tu avión sale a las nueve. Hay tiempo de hacer maletas o, si prefieres, allá compras lo necesario. Te daremos amplio margen para tus gastos. Totalmente lúcido, inquiere: ¿Implanto la estrategia que diseñamos? *Natürlich!* ¿Investigación de mercado, publicidad, inversiones, ventas? Exacto. No se preocupe, tengo las cifras en la computadora, hasta el último detalle. De cualquier modo, suspira Fronsberg, te ibas a encargar del proyecto. Este acontecimiento sólo adelanta tu viaje. ¿Cuánto tiempo permaneceré en México? Lo que haga falta, una semana, diez días. Quizá inaugures la planta de Z. En cuanto llegues, llámame.

Hendrick se lava la cara. Hasta ese momento recapacita: *Fronsberg me tuteó de nuevo. En medio de una crisis surgieron sus verdaderos sentimientos.* Saca un maletín y echa rasuradora, loción, cepillo, *ropa interior, camisa, un traje; lo indispensable.* Hojea sus notas, mete la laptop en el estuche. Antes de salir, recorre el cuarto, buscando algo que acaso pueda requerir. Nada.

Llama un taxi. A esa hora, es una delicia recorrer la ciudad. En el aeropuerto reina el ajetreo tradicional. Recoge su boleto, pasa los trámites de seguridad. Somnoliento, cabecea hasta que anuncian su vuelo. Sube al avión. Se arrellana en el asiento número catorce. Los párpados le pesan mientras escucha las instrucciones. Durante una emergencia debe... máscara de oxígeno... bajo el asiento... Al fin, silencio. El sueño lo vence.

Una azafata lo despierta. Ofrece bebidas alcohólicas, té, café. No, gracias, fraülein. Cierra los ojos. Diez horas de vuelo y... *¡Veba!* El nombre salta en su mente. Se endereza. La imagina recostada sobre el tapete. *¿Todavía desnuda?* Despertará con el frío del amanecer. Sola. Ante su abandono, ¿sentirá alivio, inquietud, rencor? *¿Por qué no la llevé a mi cama?* Era el momento adecuado, cuando estaban unidos por la lujuria y el recuerdo, aún intacto, del placer. *No hay ni un centavo en el apartamento.* Esa imprevisión le altera los nervios. Él, que nunca olvida nada, omitió un detalle importante. *Bueno, volveré en diez días... la alacena está repleta... puede abrir latas, encontrará algo en el congelador.* Además, él no tiene la culpa. *¿Quién iba a suponer que Fronsberg me telefonearía de madrugada? Preparé mi maleta en cinco minutos.* Es natural que haya olvidado a Veba, el problema irresuelto del niño y otras minucias por el estilo.

Los diez días se alargan. Entre una junta y otra, la llama. *Suena ocupado. ¡Pero si ella jamás habla con nadie!* Mientras tú estás presente. Ignoras qué contactos tiene Veba en la ciudad. Quizá forma parte de una red clandestina.

Vuelve a llamar y esa vez nadie contesta. Después, su trabajo lo absorbe. Mientras Hendrick disuelve obstaculos, Olaf, en plena convalecencia, pregona a los cuatro vientos la eficiencia del *wunderkind*.

Sábado: tiene tiempo de respirar. Marca su número de teléfono y... *¡desconectó el aparato! ¡Cómo se atreve!* La iniciativa de la criada lo enfurece. *Podría sugerirle a Karen que fuera...* ¿A averiguar qué necesita una negra? ¿En calidad de protegida, amante, amasia de Hendrick Buchheim?

Transcurre un mes... un mes y una semana... un mes y dos semanas... Por fin, Olaf se presenta en la oficina. Los empleados lo rodean para felicitarlo por su recuperación. Él se dirige en línea recta hacia su substituto. Buchheim, el jueves volará a Alemania, para preparar su traslado definitivo. Quiero tenerlo aquí, cuánto antes, como mi mano derecha. Sin su ayuda, la Compañía hubiera naufragado.

Hendrick agradece los halagos, las muestras de confianza. No se preocupe, Herr Hitzler, regresaré lo antes posible. Entonces, me haré cargo de todo. No lo dudo, ya aprendió lo que puedo enseñarle. Hendrick tampoco duda, destacará en México, territorio que desde ese momento considera suyo.

Sus ratos libres los invierte en preparar su nueva vida. *Alquilaré una casa.* La Compañía le recomienda a Pilar Trejo. Tras los saludos, la corredora de bienes raíces le muestra algunas opciones. Hendrick escoge la más cercana a su trabajo. Lo llevo en mi coche, mister Bucjain.

Debido a los usuales congestionamientos de tránsito, llegan bastante tarde a su destino. La mujer se detiene ante la puerta principal. Busca en su bolso. Saca un estuche, cartera, pañuelos desechables, perfume, monedas. Al fin encuentra la llave. La introduce, en tanto Hendrick juzga su físico: *morena clara, como el ochenta por ciento de los mexicanos,* largas pestañas, *con demasiado rimel,* y un traje *sastre pasado de moda.* A pesar de tales defectos, la considera vulgarmente atractiva.

Moviendo las caderas con desparpajo, Pilar irrumpe en la residencia. *Así me imaginé a las africanas, sensuales y provocativas. Veba es la excepción.* De pronto, que su criada se muestre distante ya no le parece un defecto. Ante tanto colorido local, prefiere la sobriedad del negro.

Los dueños la decoraron estilo colonial moderno, gorjea la mujer, como si aquello fuera algo fantástico. Señala los candelabros, flores de papel maché, losetas hechas a mano. Sin ninguna necesidad, pasa frente al cliente, cada vez más cerca.

Hendrick capta un aroma a jazmín, *demasiado intenso.* La sonrisa que le dedica, lo deja frío. Mire, mister Bucjain, doscientos metros de jardín y esta fuente... ¡talavera de Puebla! Los extranjeros adoran los materiales que usamos: tejas, adobe, barro, cantera. No extrañará su país ni tantito. Extraña a Veba... *su silencio, su presencia ausente, que bien podría catalogarse de abstracción o...* Quizá considere la casa demasiado grande para usted, pero la Compañía paga, ¿verdad? *Aprovéchate, menso, date vida de reyes,* lo urge. *Ay, Virgencita Santa, haz que la rente, plis. Cancelaría las colegiaturas atrasadas de Rafa, me compraría el vestido divino que pusieron en barata.* Cruza los dedos, a escondidas, y envía ondas positivas al gigante rubio, *con cara de pasmado,* de cerebro a cerebro. *Éntrale al toro, güerito, ¡réntala!* Para su felicidad, la persuasión telepática surte efecto: la alquilo, señorita. Mister Bucjaín... Buchheim, señorita. S-sí, eso, habla usted español de maravilla. Gracias. La familiaridad le crispa los nervios. *Acabemos de una vez,* decide: Francisco Llano firmará el contrato. Es el administrador de la Compañía, ¿verdad? Yo me comunicó con él.

Pilar no oculta su satisfacción. *¡Al fin salí de mi encargo! A los clientes les asusta una renta tan alta. Éste debe ganar millones... y tan guapo... Guapo y medio pendejo, la combinación perfecta.* Toma

aliento e inicia la segunda escena. Si quiere, señor Buc... Buchheim, señorita. ¡Ay, no me corrija, pronuncio como puedo!
Pues, le decía, yo le consigo una criada de entrada por salida.
Disculpe, no entiendo. Una criada por día, además de chofer y
cocinera, muy recomendados, respetuosos, con amplia experiencia. La comisión sería la acostumbrada: medio mes del sueldo
que pacten. Sólo una cosa, por favorcito. Este trato queda entre
nosotros, ¿eh? Vuelve a sonreír y Hendrick nota los hoyuelos
en sus mejillas. Lo hago para ayudarlo, a título personal. Casi
al descuido, apoya la diestra en el antebrazo de Hendrick. Acto
seguido, lo abanica con sus pestañas. Mi jefe es muy enojón; me
ahorcaría si se entera de estos enjuagues... hasta podría perder la
chamba. Entonces, no arriesgue su puesto, señorita. Además, no
me presto a acciones clandestinas. En mi país las catalogaríamos
de fraude. *¡Újule!* Con la cola entre las patas, Pilar aparta su mano.
El extranjero ya no le cae "de maravilla". Mañana le telefoneo al
señor Llano, resume, cerrando la conversación.

El regreso a las oficinas se efectúa en silencio. Hendrick
apenas oculta su mal humor. Lo perturba esa mujer ruidosa,
que se ofrece de manera tan evidente. *La podría poseer en cuerpo
y alma... si acaso la tiene. Veba, al contrario...* ha pronunciado su
nombre cinco o seis veces en una hora. *Nunca será mía. ¡Dios,
qué cursi!* Sin embargo, es verdad. *Interpone entre ambos una parte
de sí misma a la que no tengo acceso.* Su reserva lo seduce más a
cada momento, *su canto de atabal, su voz de hojarasca.* Si no se
hubiera topado con Pilar, jamás se habría dado cuenta de tales
características. ¿Cualidades? No, apenas un atractivo folklórico.

Durante el vuelo a Europa, lo entretiene una película; cena y
reflexiona. *¿Cómo sobreviviría Veba?* No conoce a nadie. Al menos,
a nadie responsable, que pueda ayudarla en una crisis. *¿Se le
acabaron los víveres? ¿Salió de compras?* No tiene dinero. *Y no osaría
poner un pie en la calle.* La aterra una posibilidad: que la deporten.

Recupera sus maletas, toma un taxi. Camino al apartamento, imagina lo peor. Veba desmayada... hambrienta... sucia... *llorando mi abandono.* No exageres, muchacho. Dos meses sola. *Todo es posible.*

Apenas llega, recibe la primera sorpresa: no ve al portero. *¿Lo reemplazaron?* Debe haber una persona de guardia, día y noche. *Me quejaré con la administración.* Segunda sorpresa: ¿el ascensor atorado en el séptimo piso? *¡En mi apartamento!* Masculla una grosería y sube las escaleras. Gracias al cielo, posee magnífica condición física *o me daría un infarto, como a Hitzler.*

Siguiendo una corazonada permanece tras la puerta de emergencia y espía por un pequeño rectángulo de vidrio. Quiere pescar a Veba desprevenida.

Sus pupilas enfocan una escena increíble. Un negro, *supongo que será el nuevo portero, por el uniforme y la gorra,* mete una caja al elevador. Hendrick permanece en el mismo sitio, como si sus pies hubieran echado raíces. Analiza al tipo: alto, fuerte, musculoso. *Costaría trabajo vencerlo.*

La voz de Veba, proveniente del apartamento, cimbra a Buchheim. Emociones opuestas lo invaden: euforia -está ahí, sana y salva-, e indignación. ¿Pensó, acaso, que la encontraría esperando, con la mirada fija en el vacío? La criada sale al vestíbulo. Se despide del negro, mientras le dedica una sonrisa de oreja a oreja. *Hablan en un idioma infernal. ¡No les entiendo ni media palabra!* Se siente en desventaja y esto lo ofende. *Como si me dieran una bofetada.* Mejor dicho, lo sacan de un juego en el que participan ellos dos, exclusivamente.

El amo clava sus pupilas en Veba; más bien en sus manos, *¡sobre el antebrazo del portero! ¿Se le ofrece? ¿O ya son amantes?* Porque hay familiaridades, gestos íntimos, que sólo surgen entre quienes comparten un lecho. Varias cuestiones lo desquician: *¿en qué dialecto hablan? ¿Pertenecen a la misma etnia, pueblo, país? ¿Compartieron su infancia? ¿Se encontraron aquí?*

Veba suelta una carcajada, besa la mejilla del portero y, por un segundo, sus rostros se unen. *Nunca había actuado con tanto desparpajo. Parece contenta... relajada... libre.*

Las puertas del elevador se cierran. La muchacha gira para entrar al apartamento. Hendrick avanza y le corta el paso. Su cuerpo, de anchos hombros enfundados en un traje gris, la paraliza. *Sí, soy yo. Te pesqué con las manos en la masa.* Primero el azoro, luego el terror, distorsionan la cara de Veba. Pretende escabullirse. La ataja. *Yo entro primero.* Porque está seguro que *algo hiciste, de otro modo no tendrías miedo.*

Lo aguarda un espectáculo. En el vestíbulo hay vasos con velitas encendidas. Va a la cocina y, de un tirón abre la alacena, *no queda una lata;* el refrigerador, *vacío,* el congelador, *¡ni un pedazo de carne!* La imagina cual termita, engullendo a lo largo del día. *¡Pero si tú te alimentas con mis sobras! Fue él. Ese pelmazo se tragó mi comida. ¡Lo mantienes a mi costa!* Recalca los adjetivos posesivos: mis sobras, mi comida, hasta que la indignación lo ciega. Apenas termine de catear el apartamento, bajará al primer piso y...

Se dirige a su habitación y, de un vistazo, la examina. Para empezar, lo impacta la cama en desorden; luego, un olor peculiar. *Huele a ella, a ese aroma fuerte, de naranja y piel negra.* Aparta las colchas. Las almohadas muestran huecos redondos. *No te conformas con profanar mi habitación, ¡alguien durmió contigo!* Una ola cálida lo cubre. Se tambalea; necesita unos segundos para tranquilizarse.

Abre una ventana. El aire limpia la atmósfera pesada, de cuerpos que se gozaron, dejando resabios de pasión entre las sábanas. Ya no camina, corre al baño. La tina, todavía llena, exhala vapores tibios. En el agua flota un aceite color ámbar. Alza el frasco. Lee la etiqueta. *¡Es mío y éstos lo usaron!* Semejante desfachatez lo insulta a un grado máximo. *¡Cómo! ¿Los salvajes son capaces de semejantes refinamientos?* Ni por la imaginación le pasó que... *Algo no cuadra.* La sensualidad de Veba jamás florecería entre velas y aceites orientales. *¿Ese cabrón la indujo?* Al girar, se topa con varias páginas pegadas sobre el espejo. Se acerca al lavabo. *Las recortó de una revista.* "Cena en el Chateau Vaunier" proclama el artículo. Cientos de candelabros, fuentes donde flotan las rosas… No sabe si soltar una carcajada ante aquella imitación ridícula de un castillo francés o si permite que la compasión por esa idiota lo domine.

Falta inspeccionar el comedor, la sala. Las dos habitaciones mantienen el orden acostumbrado… Suelta un suspiro de alivio. *¡Demonios!* Cantó victoria demasiado pronto. *¡Platos sucios frente al televisor!* Los cuenta. *Tres…* ¿Qué clase de número es ése? ¿Un invitado? ¿O practican un ménage à trois? Cornudo.

Gira para increpar a Veba… y no la ve. *Se encerró en su cuarto. En mi cuarto,* rectifica, *porque de este apartamento, nada es suyo.* Golpea la puerta con ambas manos. Un grito lo detiene. *¡Felicidades! Ya no gimes como antes: me retas.* Furioso, toca de nuevo. El grito se repite. *Llamarás la atención de los vecinos, imbécil.* Baja los puños y una sensación humillante lo invade. Es sólo el comienzo… *Tampoco le romperé la cara al portero. Los escándalos no me convienen.* Jamás podrá explicar por qué diablos esconde a una negra en su casa. *¡Coño, la admití por caridad!* Ni la desaparición de un niño.

Busca la llave del cuarto. Saca un cajón y vuelca su contenido sobre una mesa. *Aquí está.* Mete la llave en la cerradura y… tiene a Veba a su merced. Frente a frente, sin una puerta que los separe. La criada se aparta del maletín donde metía su ropa. Lo observa, a la expectativa. ¿Calcula dónde asestar el primer golpe? No, nunca lo atacaría. Aunque fuera en defensa propia, no levantaría la mano contra el hombre que le dio refugio y alimento. Tal actitud lo desarma. Él tampoco le dará unas buenas bofetadas, como merece, porque si la toca no pararía hasta pulverizarle la cara.

Despacio, muy despacio, controla sus reacciones. Después, la coge del brazo, sin que ella se resista. Atraviesan la habitación, salen al pasillo. Hendrick llama al elevador. Entonces, cuando las puertas se abren, empuja a Veba, con toda su fuerza. La muchacha se estrella contra el aluminio. *Lárgate.* Bravo, tu abuelo aplaudiría tanta caballerosidad, Hendrick. Después de todo, eres la parte agraviada.

Regresa a la cocina; encuentra cuatro bolsas de plástico, tamaño gigante. Las llena con los objetos contaminados por la negra: velas, aceite aromático, toallas, copas, sábanas, fundas. Basta que ella los haya tocado para echarlos a la basura. Cuando acaba, aplasta los envoltorios. Sus pies destrozan el cristal; sin embargo, las telas sofocan el ruido, de manera que únicamente escucha sus jadeos... entrecortados, idénticos a un sollozo. A la mañana siguiente pedirá que desinfecten el apartamento de piso a techo. Irá a su oficina y *reanudaré mi vida, sin un peso sobre mis espaldas.*

En un mes volará a México. Así que inicia la cuenta regresiva. Día 30. *El retorno a mi hogar será la parte más difícil del día.* Acierta. Un silencio total lo recibe. Aunque afina el oído, no percibe la respiración de una mujer aguardando, ni sus pies desnudos, leves y huidizos. *Su ausencia debe causarme cierta satisfacción. ¡Al fin me deshice de un lastre!* Además, te ponía el cuerno.

Día 29. El caos avanza, posesionándose del apartamento. Si olvidó los zapatos fuera del ropero, ahí los encuentra; lo mismo que los platos sucios y los restos del desayuno sobre la mesa. *Volveré a mis antiguas costumbres. Antes de salir, dejaré esto impecable,* porque ya no tiene una criada quien, *como hada bienhechora,* no emplees palabras cursis, *creaba un equilibrio armonioso en las habitaciones.*

Día 28. Despídete de las marmitas que exhalan vapores con olor a desierto y selva, de las camisas blanquísimas, planchadas a mano, de los remiendos apenas visibles. A cambio, tu hogar te pertenece por entero... *Me perturba su ausencia.* Le hace falta aquel fantasma, diluyéndose entre sombras y, también, la posibilidad de penetrarla a su antojo, sin prólogo amoroso, ni reciprocidades de ninguna clase.

Día 27. Un hecho lo consuela: *pronto viviré en México.* El exilio lo separará de Europa, *de lo que este continente representa.* No cabe duda: tiene suerte... aunque hay un punto negro. El tiempo no transcurre con la rapidez deseada. Se alarga, causándole desazones irritantes, como un tajo que todavía supura.

Día 26. Este detalle lo obsesiona: *quiero entregar mi oficina, mis planes a futuro, mi agenda y los archivos, sin una falta, por minúscula que sea.* Su disciplina le permite adelantar el trabajo; por otra parte, no inicia proyectos, de tal manera que le sobra tiempo. En muchas ocasiones, se arrellana frente al escritorio, consultando el reloj. Ante sus ojos, las manecillas avanzan a tropezones o, lo juraría, se detienen. Al llegar al término de la jornada siente que ha envejecido diez años.

Día 25. El trayecto al apartamento, por el contrario, ocurre demasiado rápido. Lo retrasa practicando pequeños trucos, *necesito gasolina, compraré pan, me desvío tres cuadras y paso a la tintorería.* Sin embargo, todo tiene un límite. Tras posponer la llegada media hora o cuarenta minutos, usa la llave, abre la puerta. El vestíbulo, totalmente quieto, lo aplasta. *Si hubiera polvo lo vería caer sobre los muebles.* Con el primer paso ingresa a una soledad perfecta, sin interrupciones. *Toda mía.*

En medio del silencio, rememora un sinfín de estupideces *que terminarán por volverme loco.* Sus emociones lo turban. Desde que Veba se fue, *desde que la eché,* experimenta una nostalgia inadmisible, un ansia de recuperarla... para lanzarle a la cara su desvergüenza. *Eres una malagradecida. Mordiste la mano que te daba de comer.* Si cumpliera aquel propósito, de seguro recobraría la tranquilidad. No obstante, *hasta eso resulta imposible.*

Día 24. Busca distracciones. Ya abarrotó la despensa. Cuando niño, su madre le describía la escasez que sufrió después de la guerra. *Quizá por esta razón aprecio tanto la abundancia.* Imagina las tarjetas de racionamiento al mismo tiempo que contempla salsas y condimentos exóticos. Los compré en una tienda, a precio de oro. Suspira. Intenta recrear la sazón de Veba y no lo logra. *Mañana ceno en una cafetería.* La primera noche se felicita por su decisión; al final de una semana preferirá abrir latas o calentar platillos semipreparados en el microondas.

Día 23. *Algo me carcome por dentro.* Aburrimiento, indiferencia hacia todo y todos. *Ni siquiera experimento la necesidad de masturbarme.* Echado sobre un sofá, ve televisión. Pero las noticias no le interesan, ignora si prosigue o termina un programa, los deportes lo hastían y, leer en ese estado de ánimo... *¡Ni de broma!*

Día 22. Se propone tirar la ropa de Veba. Empieza con cierto entusiasmo, *deshagámonos de estas inmundicias,* y acaba abandonando la bolsa medio vacía. Entonces acerca un vestido a su nariz; lo olfatea. Nunca más la verá. Ese nunca lo agobia. *Cerraré la puerta del cuarto y me olvido de todo.*

Día 21. Mientras transcurre el tiempo, *a paso de tortuga,* capta otra modificación en su conducta. *Ahora me urge llegar a casa.* Apenas entra al garaje, busca a Veba entre los autos. Ignora de dónde surgió esa idea: lo esperará, como aquella otra vez, *en cuclillas, con la mirada perdida y el hijo entre las piernas*. Se aferra a tamaño absurdo. *Volvió buscando protección*. Entonces estaba sola. Ahora también. Su aventura-relación-concubinato con el portero no dura. ¿Amor? *¡Ni soñarlo! Llevaban juntos dos meses; hoy, serían dos y tres semanas*. Ese gigoló *¡Sí, es un maldito mantenido! ¡Invadió mi apartamento para comer gratis!*, reemplazará a Veba en cuanto se le presente una oportunidad.

Sube al elevador, el aluminio brilla. ¿Quién lo limpia? *¿El negro?* No lo ha visto. *¿Se esconde?* No se ha cruzado con él, ni por la mañana, ni por la tarde. *¿Me tiene miedo?*

Una vez en su apartamento, se comunica con recepción. Alguien responde: Buenas noches, señor Buchheim. ¿Se le ofrece algo? De inmediato identifica aquella voz. ¿Karl? A sus órdenes. El brillante ejecutivo tarda tres segundos en inventar una historia. Le regalé a su compañero, al africano, unas camisas y no ha venido por ellas. Ya no trabaja en este edificio, señor Buchheim. *¡Se fue con ella!* Únicamente me substituyó durante mi convalecencia. *No tiene trabajo*. Ah, ¿estuvo enfermo varias semanas, Karl? *Sin dinero se termina el romance*. Sí, bastante grave. Cuánto lo siento. Pesqué un virus... también pedí mis vacaciones. ¿Podría localizar a su compañero? *Es posible que a ese par le importe un demonio la pobreza. ¿No dicen "contigo pan y cebolla"?* No sé dónde vive, señor. *Siguen juntos*. Quizá, si me comunico a la central... *¿Y a mí qué me va o qué me viene dónde estén esos dos imbéciles? ¿Pretendo buscarla? ¿Rogarle?* Olvídelo, por favor; no tiene importancia. Entonces, buenas noches.

Día 20. Evoca el día en que la echó a la calle. El gigoló cargaba una caja, *bastante grande*, que le resulta familiar. *La he visto antes, cuando me enviaron los muebles*. Recorre el apartamento. Descubre un faltante: su minibar. Tres botellas vacías, de Oppenheimer, cosecha 2003, se alinean contra la pared. *¡Ladrona!* Tranquilo, Hendrick. Quizá en su tribu no se considera un robo vender un bien ajeno para comprar comida.

Polvo y suciedad marcan el espacio donde estuvo el aparato. Limpia las losetas mientras se pregunta: *¿cómo sé que Veba me traicionó? No tengo pruebas. Baso mi acusación en suposiciones. El negro puede ser su hermano, su primo... la persona a quien le encargó el bebé.* Te engañó, Hendrick, vendió tu minibar. Estaba en la caja que el portero metía al elevador, el día de tu llegada. *¿Cómo se pusieron en contacto? Si es su primo, ¿lo llamó por teléfono? ¿En calidad de portero, él subió, por casualidad, a verificar algún detalle? ¿Tocó el timbre? ¿Lo invitó a entrar? Había tres platos frente al televisor. ¿Quién más comió aquí?* Seca el suelo y guarda la cubeta. *Ni siquiera estoy seguro de que "engaño" signifique lo mismo para nosotros. Es más, para que exista una traición debe haber un trato, matrimonio, amasiato... ¡Algo!*

El simple hecho de aspirar a exonerarla, sacude sus cimientos. También lo lleva a admitir que su conducta hacia esa mujer le provoca *urticaria en el culo.* Jamás estableciste un diálogo con ella. *No teníamos de qué hablar.* Conoces el motivo: la gente no platica con objetos. *Correcto.* Y tú consideras a Veba un objeto. *Cambiemos de tema.* Un diálogo implica la admisión del participante, en igualdad de circunstancias, con derechos idénticos a los tuyos. *Correctísimo.* La aceptación del otro, como nuestro espejo. *¡Coño! ¡Termina tu filípica! Obtuve las mejores calificaciones en Ética y no vas a endilgarme la definición de tolerancia.* Hubiera bastado una palabra, Buchheim. *No me interesa conversar con nadie. Nadie, ni blancas ni negras.* Sin embargo, añoras ciertas actividades que son más agradables en pareja; básicamente, comer y fornicar. *Eso no implica misoginia. Así funciona el matrimonio desde hace siglos.* Las reglas del juego han variado. *No generalices. Muchas aceptarían vivir conmigo a cambio de casa, manutención e hijos. ¿Dónde está el niño? Te prohíbo que menciones...* El hijo de Veba.

Día 19. A pesar de la tensión, no fuma. *¡Vaya! ¡Un pequeño triunfo!* Su ansiedad por recuperar lo perdido es tal, que degenera en manía. *Vuelve. ¿Para qué? No sé.* Entre sus planes nunca estuvo llevársela a México. *¿Entonces? De cualquier manera, vuelve.*

A veces sueña con ella y se despierta cubierto en sudor. *Ya no podría hacer el amor viendo a una mujer cara a cara.* La quiere a gatas, mientras él contempla su espalda y las nalgas desnudas.

¿Qué significa para ella "infidelidad"? De acuerdo con sus valores, tribales, salvajes, primitivos, pero valores al fin... *¿equivale a una traición? ¿A un adulterio?* Ni siquiera están casados. *Desde luego, implica algo diferente que para mí. ¿Por qué motivo aceptaba mis condiciones? ¿Por amor, gusto, necesidad?*

Día 18. Le ofrecen una fiesta de despedida. Karen lo abraza frente a todos y, de repente, rompe en llanto. Hendrick la consuela torpemente, prometiendo lo que no cumplirá: correos electrónicos, algún telefonema de vez en cuando. *Hablando de telefonemas, no me he despedido de mi madre.* Ya se imagina el monólogo: adiós, hijo. Ojalá todo salga bien. No te preocupes por mí. Si enfermo o tengo un accidente, tu tío me cuidará. Tú dedícate a triunfar. *Si no la llamo, evitaré una conversación desagradable... y hoy no estoy para escenitas lacrimógenas.* Además, no te interesa dialogar, ni con negras, ni con blancas.

Día 17. *Veba se acostó con el africano porque pensó que yo jamás regresaría.* Antiguamente, después de siete años de ausencia el matrimonio se consideraba disuelto. *Mi madre me dijo que, cuando Rusia devolvió a los prisioneros alemanes, muchos encontraron a sus esposas casadas y con familia. Vencieron el cerco de Leningrado, la caminata hasta Siberia, hambre, prisión, temperaturas bajo cero, malos tratos... pero no la lejanía. Las mujeres se cansaron de esperarlos. Necesitaban a alguien que las protegiera, que ocupara la cama vacía. Nadie las recriminó, ni siquiera los soldados que pasaron diez años orando ante la fotografía de la amante, ansiando el retorno a la Patria.* En resumen, Veba tuvo derecho de ponerte los cuernos porque la dejaste sola, al garete. Hendrick suspira. *El tiempo se alarga, nos hace vulnerables a la soledad. ¿Acaso no lo experimento yo mismo?*

Día 16. Le prestará el coche a su tío. Durante cinco años podrá pasear a Frau Buchheim en un Mercedes con vestiduras de gamuza beige. Excelente idea. *Mañana, sábado, iré al pueblo y les entregaré el auto;* aguantará las rondas de despedidas, consejos, buenos deseos. *¡Algo verdaderamente insoportable!* Según sus costumbres o tradiciones, Veba no transgredió las normas, *las reglas que nunca establecimos;* entonces, ¿para qué te esfuerzas en perdonarla?

Día 15. Hay una manera de modificar el futuro: alterando un detalle, por ínfimo que parezca. *Si no quiero que ideas o actos se repitan, ad infinitum, debo alterar un gesto... una palabra. Romper la rueda del tiempo.*

Día 14. Alquiló el apartamento a uno de sus colegas. *Fritz lo ocupará el próximo viernes, así que yo pasaré los últimos días en un hotel. Mejor,* deduce. Ya no vivirá aislado. *Bajaré al bar a tomar una copa, nadaré en la alberca.* Y, con un poco de suerte, no pensará en Veba.

Día 13. *Regresa.* No te sientas celoso. En una sociedad, digamos, poco sofisticada, la monogamia no existe. Las mujeres le abren las piernas al primero que pasa y los hijos pertenecen a la comunidad. *De acuerdo. Pero Veba no vivía en la época de las cavernas.* Discúlpame, tú te estás comportando como un cavernícola pidiendo que una mujer te guarde exclusividad absoluta.

Día 12. Perdónala Hendrick. Sé magnánimo. A tus múltiples cualidades, agrega una más: la generosidad.

Día 11. Hace una lista antes de empacar su ropa. Dos maletas son suficientes. *Enviaré los libros por correo;* el resto permanecerá en el apartamento. En su vida ha sufrido tres mudanzas: *del pueblo a la universidad, de un chiquero alquilado a esto... Y ahora México.* Sus dos apartamentos tienen algo en común. *En ambos dejé recuerdos...* relacionados con Veba. *No cabe duda, el infierno es una repetición interminable de la vida.* ¡Coño, qué frase!

Muebles, cuadros, manteles, cuchillería, la vajilla bávara, en fin, todo lo que significa elegancia, permanecerá ahí. Aguardándolo. Durante las vacaciones, *cuando regrese a Alemania,* se posesionará nuevamente de lo que apenas ha disfrutado. Nada faltará... excepto su minibar, el aparato que le robó el amante de la criada.

Día 10. *Vuelve.* ¿Para qué? *Porque, si nos arrebatan una pertenencia, es cuando más la apreciamos.*

Día 9. Separa los papeles que arrojará al incinerador: apuntes, el esbozo de su tesis... Toma la libreta donde garabateaba problemas matemáticos. *Éste me sacó canas verdes.* Lo resolvió el día, *la noche,* en que una negra, *Veba,* llamó a su puerta. Hendrick, ¿qué harías si sonara el timbre? *Imaginémoslo,* propone. Cierra los ojos, pensando que está en un teatro. Se levanta el telón. *Suena el timbre. Me pregunto: ¿escucho el mismo sonido en este preciso momento o revivo el pasado? El tiempo circular, la rueda eterna... Aquí, en mi apartamento de lujo, nadie me interrumpe. El portero recibe paquetes, cartas, regalos y los distribuye en los compartimentos de cada condómino. Impide el paso a un encuestador, vendedores y otras lindezas.*

El sonido del timbre flota en el aire quieto. ¿Se trata de una coincidencia? Las coincidencias no existen. Adivino: es ella. Ha respondido a mi llamado, al mandato insistente, a la fatalidad imperiosa: regresa. ¿Con qué fin? Para despedirnos, cerrando un círculo.

Abro la puerta. Aunque la presentí, el impacto de su presencia me turba. Mis manos quieren apresarla de una vez por todas. Pese a mi apuro, controlo mi impaciencia. No daré el primer paso. Sería... igual que lanzarme al abismo.

Examinamos nuestros rostros; los ojos se humedecen por la emoción del reencuentro. ¿Por qué esas lágrimas? Nunca lloramos... o casi nunca. ¿Entonces?

Observo su ropa: pañoleta, jeans demasiado holgados. Su atuendo no varía. Siempre la considerarán una inadaptada. ¿Inferior, ilegal? No importa el adjetivo. Yo mismo la juzgo un tanto ridícula; también me conmueve... sin raíces, lejos de su origen-terruño-tribu. Allá no era "la extraña". No provocaba desprecio, ni curiosidad. Hago un paralelo: quizá me rechazarán en México y, bajo una aparente admiración, me ridiculicen a escondidas. Desde luego, el caso es distinto. Yo tengo armas: pondría a esos tercermundistas en su sitio. No obstante, el rechazo nunca resulta muy agradable.

La estudio y de pronto me cuestiono: ¿cómo entró? ¿Se escondió en el garaje, subió por las escaleras de emergencia? Mi vista se detiene sobre los pies descalzos. Veba, ¿es demasiado pedir que uses tenedor, desodorante, zapatos? Mis pupilas suben por las piernas, acarician los senos firmes y erguidos. Siento deseo, repugnancia, lástima... una mezcolanza desconcertante. ¿Experimenté lo mismo cuando te eché del apartamento? ¿Por tal razón este hueco? Y un ruego, que aún no admito por completo: regresa.

Mis dudas surgen de nuevo. ¿Karl no trabajó hoy? Acaso no prestó atención cuando Veba entró en el garaje... ocultándose detrás de un auto. Sí, ésa es la solución: que se esconda en el garaje, tras un auto.

Por un momento se distrae. Vislumbra la libreta que tiene ante los ojos. Entonces parpadea. Su imaginación lo devuelve al escenario, al argumento que dirige y en el que actúa, como protagonista principal. *La tengo frente a mí, esperando que yo decida su suerte. Y no me invade ni un ápice de orgullo. Nada te reprocho, reflexiono, en silencio. Nunca hicimos un pacto, tampoco intercambiamos promesas de fidelidad. Si buscaste algo mejor, era tu derecho. Pero, ¡Dios! ¿un portero? ¿No vales más? La sacudo, aunque no hablo. ¿Hablar? No puedo. Karl sigue inquietándome. Apuesto a que no veía la pantalla de la recepción. De otro modo hubiera descubierto a Veba. La estudio con mayor detenimiento; absorbo sus facciones, la respiración acompasada. Deduzco: buscas un refugio. ¿Pides un remedio a tu desilusión... al abandono? El gigoló te ha dejado tu suerte, sola. La soledad es el más tremendo de los males; invade nuestro espíritu sin que nos demos cuenta y, de improviso, nos roe por dentro.*

Al fin comprendes: no soy fácilmente reemplazable. Tampoco tú, Veba. En mi vida, nadie te desplaza.

Sonrío apenas; ella corresponde entreabriendo los labios, a punto de formular una palabra. Sin proponérnoslo, nos estamos aceptando. ¿Ah, sí? Al no exigirme nada, permites mi egoísmo; de este modo, continúo siendo yo, íntegro.

Recuerdo el calor de nuestros cuerpos, el placer recreado a lo largo de la noche. Debo advertirte. Jamás me daré a una mujer: a ti menos que a otras. O me daré poco, lo mínimo. ¿Te das cuenta? Ninguno es capaz de establecer un diálogo. Este silencio es nuestra defensa. Impidiendo la cercanía, evitamos reconocernos en el otro, nuestro espejo.

Me obedecerás, sin cuestionamientos; resulta más cómodo para ambos. Impondré mis reglas porque conozco el juego y lo domino. Conservaré una libertad absoluta, para hacer y deshacer mi vida y, al volver, cuando yo quiera, te encontraré: esperando. ¿Qué recibirás a cambio? Lo que hasta hoy, la seguridad inalterable del encierro. Te conviene. De lo contrario, ¿habrías vuelto?

Quizá a mí también me convenga. Siempre habrá prejuicios pero, en estos tiempos, más vale disimularlos. Si a la Compañía la tachan de elitista, se defenderá poniendo de ejemplo nuestro amasiato, unión, ¿matrimonio? El matrimonio del flamante director general. De cualquier modo, un punto a mi favor.

Mi mano se apoya en el picaporte. Requiero un apoyo sólido. Porque esta mujer parece inexistente: un sueño fantasmal, una sombra que desaparecerá en la nada. Debo impedirlo. ¿De qué modo? No sé. No sé, no sé.

Nada interrumpirá nuestro silencio. Ni siquiera el momento, la eternidad, en que unamos nuestros cuerpos y, por azar, un jirón de nuestras almas... para recuperarlas, aterrados, con el día. La luz marca diferencias; bajo el sol, no hay escondite posible. En tales condiciones, ¿podremos cohabitar?

¿Amarnos? Nunca. Existen demasiadas diferencias. ¿Qué haríamos con un amor correspondido? Mejor de esta manera. Entrégame, tan solo, tu compañía desdibujada. Ausente estás conmigo. Y no estás. Presa, escapas. Mantente dueña de ti misma. Nada fastidia más que un esclavo a disposición de nuestro antojo. Esta relación sin compromisos no nos quita nada; al contrario, teje, para más tarde, recuerdos.

Calculo mis reacciones. Quiero tocarte, rozar tu piel oscura. En unos segundos cederé al contacto. Imagino la emoción cuando al fin...

Borremos los errores del pasado. No cometamos uno nuevo: hablemos. Por vez primera, una palabra. Di algo.

Desvío la mirada hacia la escalera de emergencia. Si Karl sube, oiré su respiración agitada. Esto me permitirá actuar. Tendré unos segundos para... Mis ojos vuelven al punto de partida, a ti. Contemplo tu abandono, mi abandono... Nos une el remordimiento, Veba. ¿Dónde está tu hijo? Mi hijo. El sacrificio de un inocente aplaca el caos iniciado por mi trasgresión. Tú fuiste el verdugo; pero yo deseé aquel crimen. La culpa, Veba, pertenece a ambos.

Suelto el picaporte. Tengo miedo porque, en este momento, infinitesimal, poseo la capacidad de modificar nuestro destino. A pocos se les concede tal privilegio. Si muevo una pieza del rompecabezas, equivalente a la vida, nada será igual. La rueda formará un círculo distinto. El tiempo tomará cauces diversos.

Temo, lo admito, porque al mirarte, tan distinta a mí, me reconozco, acepto quién soy y qué te debo.

Retrocedo un paso justo cuando escucho una tos, entre jadeos, subiendo por la escalera. ¡El portero!

Suena el timbre. Aquel mundo ficticio se desmorona. Aun tiene entre las manos su cuaderno...

Abre la puerta del apartamento y se topa con Karl. Aquí no está, afirma Hendrick, contundente. ¿Quién?, pregunta el empleado. Aquí no está Veba. Perdone, señor Buchheim, no entiendo a qué o a quién se refiere. Hendrick se pasa una mano por los cabellos. Olvídelo, tartamudea. Pensaba... tonterías... me dejé llevar por la imaginación. Suda frío. Lo aterra su capacidad de abstracción, la posibilidad de hundirse en lo inexistente. ¿Qué se le ofrece, Karl? Le traigo la dirección de Situ Mobutsi, mi sustituto. Baja los ojos, observa el papel que el empleado le muestra. *Esto ha pasado antes... ¿Cuándo? Veba me entregó un recado.* Mobutsi vive cerca de mi casa. ¿Quiere que vaya a buscarlo para que se presente aquí? Bueno, señor Buchheim, si todavía le quiere regalar las camisas. Hendrick tarda unos segundos en recordar su mentira. Nuevamente estudia el papel y, de improviso, se lo apropia. Demasiado tarde, responde. Di esa ropa a una institución de caridad. Entonces, me retiro. Buenas noches, señor Buchheim. Buenas noches.

Cierra y se recarga contra la pared. Transpira por cada poro. La primera vez que perdió contacto con la realidad fue cuando se enteró del suicidio de Karlotta, en el cubículo del profesor Gunther. Aquella evasión duró unos minutos. Después visualizó el telefonema a su madre, un monólogo mucho más largo y complicado y, ahora... *Si Karl no hubiera llamado, interrumpiendo mi divagación... ¿Cuándo regreso* al apartamento, a lo cotidiano, *a esta maldita realidad?* ¡Hubiera jurado que tenía a Veba enfrente! *¿Y qué tal si, desde hace años, todo fue una alucinación? ¿Un producto de la tensión excesiva, exámenes, tesis, insomnio, inclinación al perfeccionismo, comidas a deshoras, tabaco y cafeína? ¿Qué tal si estoy encerrado en un manicomio? ¿Si construyo una vida falsa, inexistente?* A muchos estudiantes les sucede. La clínica universitaria presta ayuda psicológica... que no siempre tiene éxito. *¿Qué sucedería si Veba, el hijo, Karlotta, Vicky, pertenecen a una pesadilla? ¿Si nunca abrió la puerta rompiendo el orden universal?*

El juego que empezó con un acto voluntario, imaginar un encuentro con Veba, *terminó en algo fuera de mi control.* Su falta de dominio le provoca una angustia espantosa. Apretando los dientes, se ordena: *tranquilízate. Respira, oxigena tus pulmones.* Haciendo un esfuerzo fenomenal, concentra su atención en un punto. Lo expande hasta que absorbe el entorno. Entonces los pensamientos se deslizan por su mente, sin afectarlo. Abre los ojos, despacio. Una ranura de luz rompe la quietud. Al mismo tiempo le muestra que aún habita un mundo material, a su alcance.

Alza el brazo para olisquearse. *Apesto.* Mientras se muda de camisa, acepta que ya decidió, en aquel preciso instante, localizar al negro, Situ Mobutsi. En él descargará sus frustraciones... *Porque él es el culpable de todo.* Y, sin percatarse bien a bien de lo que pretende, flexiona los bíceps, pega con un puño contra la palma de la mano, como si se entrenara para un round de karate.
Consulta un plano de la ciudad. *Para decirlo con diplomacia, el barrio no es muy elegante.* ¿Esperaba otra cosa? Saca el auto del garaje. Enfila hacia el oeste y encuentra la dirección sin mayores dificultades. Estaciona su auto último modelo en esa callejuela.

Los postes eléctricos, demasiado alejados, no logran desvanecer la oscuridad. Un borracho dormita junto a montones de basura. *Parece una película. Sólo falta que varios pandilleros rompan los cristales del coche o destrocen las llantas usando un picahielos.*

Observa el edificio: cuatro plantas, dos vidrios rotos. Construido en los cincuenta, ha ido decayendo hasta convertirse en ruina. *Situ y compañía ocupan el sótano,* pero las ventanas están tan sucias que resultaría imposible vislumbrar la calle desde adentro. Los habitantes de semejante mazmorra ni siquiera tienen esa diversión.

Baja doce escalones. Toca el timbre. Efectivamente, el hombre que busca abre la puerta. Una ola de calor y pestilencia golpea a Hendrick en pleno rostro. Se ahoga. Tose hasta casi escupir los pulmones. *¡Coño! ¿No tienen ventilación?* Retrocede, dominando su asco. Al mismo tiempo, sus ojos descubren a una mujer gordísima. Cocina, mientras tres niños, sentados ante la mesa, devoran algo blancuzco. *¿Dónde está Veba?* Una sábana divide el cuartucho. *¿Qué hay detrás?*

Las carcajadas infantiles llaman su atención. *Están en camiseta, con las nalgas al aire.* Sin duda orinan en el suelo. Husmea. Un linóleo, con agujeros y quemaduras, permite entrever la plancha de cemento. *Ni siquiera pusieron losetas. Quizá me equivoqué y Veba no vive aquí.* Su inspección abarca manchas amarillas, garrafones a medio llenar, juguetes, ropa, un paisaje tropical, cacharros, cacerolas, la estufa grasienta... y a Situ, evaluándolo. ¿Qué desea?, pregunta, impaciente. *Sin el uniforme parece un criminal.* O un alteta con el torso musculoso, sin vellos.

De pronto, Hendrick lo empuja. Un par de zancadas y está frente a la sábana. La aparta. Sobre un camastro, alguien, en cuclillas, con las rodillas abiertas, alimenta a un crío. Vuelve el rostro, sorprendida. *¡Veba!* Se miden, mudos, conteniendo cualquier gesto que pueda delatarlos. Él se inclina un poco. Ella lo rechaza. No le muestra al bebé; al contrario, lo aprieta contra su regazo.

El biberón rueda goteando leche. *Lo destetó.* Recuerda el *National Geographisch*, los pechos flácidos y colgantes, de las africanas. Sus pupilas enfocan los senos, pero la cabecita del niño impide otras investigaciones. Entonces lo invade un leve gozo. *El niño no murió. Lo escondió para protegerlo.* Para protegerlo de ti. Reafirma la idea: está vivo. *El hijo de Veba.* Tu hijo.

La criatura empieza a llorar, protestando por la interrupción del alimento. *No cometimos un crimen.* Suspira. *Tenemos la conciencia limpia: podemos ver de frente.* De pronto, la mujerona gruñe una orden. Veba se enconcha. Cubre al hijo con su cuerpo y, en esa posición, le da el biberón.

El negro se acerca. Persiste: ¿desea? Pese al tono suave, una amenaza se filtra en su voz. De repente, Situ Mobutsi comete un error. Coge a Hendrick del hombro. Buchheim reacciona de manera automática: un codazo brutal desinfla al negro, quien trastabilla. La mesa lo sostiene, pero las papillas caen al suelo. Los niños vociferan, despavoridos. En un instante cuatro adultos se insultan, en alemán y en... *¿qué idioma hablan estos cretinos?*

Veba, sin soltar a su hijo, abandona el camastro. Intenta auxiliar a... *¿al amante? ¡Está casado, pendeja!* Situ la rechaza de un empujón. A Hendrick se le nubla la vista. Un torrente de adrenalina lo recorre. *Acércate, animal.* Planea sus golpes: con un tajo le romperá la nariz; el siguiente, directo al cogote. Ten cuidado. Puedes matarlo. *Quiero matarlo.* A sangre fría. Sin armas de ninguna clase.

La mujer agarra a Veba por el brazo. Sus gritos sofocan la barahúnda. Hasta disminuyen los sollozos de las criaturas, que se prenden a las faldas de su madre buscando asilo. Veba

arguye. Se defiende. Insiste. La negra rehúsa. Ambas se desgañi-
tan. Entonces, el ama y señora del lugar no pierde más tiempo.
Jala a la intrusa con fuerza. Pisan la papilla que mancha el suelo,
llegan a la puerta. La mujer arroja a su rival al pasillo. Va al
camastro, toma un vestido, unas sandalias de plástico, la pañoleta. Los lanza al rostro cubierto de lágrimas. De paso, le
arrebata el biberón. Lo destapa y lo tiende al hijo más cercano,
quien se apodera del regalo, feliz.

Veba mira a Situ Mobutsi. *Entiende, retrasada: aquí siempre
serás un parásito, un estorbo sin ningún derecho.* La mirada de Veba
paraliza a los presentes. Los niños callan, asustadísimos. Ojos
que suplican… *¡Santo Dios! ¿Qué pides? ¿Un lugar en esta porqueriza,
compartiendo a un padrote, limosneando un mendrugo para tu hijo?*
Para tu hijo, Buchheim.

De pronto, Hendrick baja las manos. Su pose de karateca
le parece lo más ridículo del mundo. El negro no se mueve. En
cambio su esposa señala la puerta, en medio de alaridos. Abochornado, *jamás sentí tanta vergüenza*, sale. Veba recoge su vestido
y las sandalias. Envuelve al niño y sigue al amo escaleras arriba.

Sin hablar, sin verla, Hendrick le indica que entre al coche.
Obedece, mientras él conduce el auto. Tiembla por dentro. Ira,
humillación, desprecio, se mezclan en su cerebro, produciendo
una perplejidad tremenda. Su último monólogo *¡abstracción,
coño, abstracción!*, le resulta increíble. ¡Cuánta filosofía, cuántas
ideas bellas y altruistas! *Ésta es la realidad, arschloch. Ésta es la
mierda en que vivimos.* Y no permitirá que su hijo, *mi hijo*, crezca
como un salvaje y aspire a convertirse en portero, ¡en portero
sustituto! Llegan al apartamento. Apartaste a Veba de su gente.
Ascienden por el elevador. ¡Sin consultarla! *¡Para darle una vida
mejor!* "Mejor" es un término que cada quien interpreta a su
manera. Por otra parte, una parte muy importante, ¿ella puede
negarse a tus propuestas?

Las emociones todavía lo sacuden, impidiéndole razonar. Sin embargo, lo intenta. *La gorda aprovechó la ocasión para echar a Veba.* ¿Ah, sí? Los ilegales constantemente se ayudan. Donde comen dos, comen diez. *A ésa la mataban los celos.* No creo. Tiene tres hijos con el portero. *Quizá constató que Veba le gustaba demasiado al gigoló. Una cosa es compartir al marido y otra, muy distinta, perderlo. Además, sin la intrusa, había dos bocas menos que alimentar.*

Introduce la llave en la cerradura. Franquea el paso. Veba permanece cerca del elevador, esperando. Hendrick comprende lo evidente: no se moverá, *se quedará ahí, mil años,* hasta que él establezca un vínculo. Habla, Buchheim. Sal del infierno. Hazlo. Rompe estas repeticiones. ¡Ahora! *En el principio era la palabra.* ¡Ahora mismo!

Sabe a qué se arriesga. *No, no soy adivino. Carezco de dotes para predecir el futuro; tampoco tengo la más puta idea de lo que implican mis actos.* Pero se niega a seguir existiendo en el silencio. Una palabra, Hendrick. Una sola palabra rompería el círculo maldito. Las infinitas repeticiones.

Retrocede varios centímetros. Ordena:

—Entra... *ya nos conocemos. Aceptemos, pues, nuestra limitada y limitante humanidad.*

Ella alza los ojos. Lo mira. Fijamente. Y responde:

—Gracias.

La segunda edición de
Tiempos de culpa de Erma Cárdenas
se terminó de imprimir en abril de 2012
en la Ciudad de México.